总有人要赢，为什么不能是你

You Were Born to Win

诸小婉 著

湖南文艺出版社
HUNAN LITERATURE AND ART PUBLISHING HOUSE

博集天卷
CS-BOOKY

2011年的夏天，我跳槽了。
离开了刀光剑影、犹如现实版《甄嬛传》的
奢侈品公司L公司，我彻底转型了。

从来只有拼出来的美丽，
没有等出来的辉煌。

我观察了一下，终于弄懂了，难怪我觉得哪里怪怪的，是她的眼神不同了。以往的单纯不复存在，她的眼睛里现在装着欲望。

你不能把这个世界，让给你所鄙视的人。

命运真是神奇，我在T公司的这段日子，所经历的比
电视剧还要戏剧化。一路走来，磕磕碰碰，真的有点
累了。职场的斗争何时才是尽头？

有一种落差是，你配不上自己的野心，也辜负了所受的苦难。

我已亭亭，
无忧亦无惧。

一年后的某个周末，闲来无事，我又晃晃悠悠地去了Summer's Coffee，照例点了一杯热拿铁，满足于阳光的温暖，心情明朗。

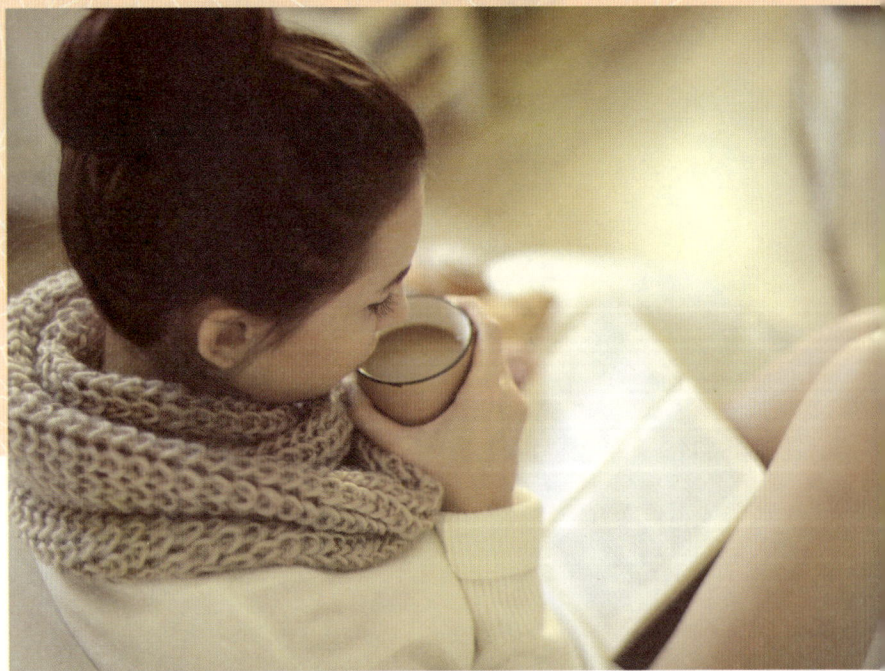

目 录

CONTENTS

001

Chapter *1*

一入职场
深似海

总 有 人 要 赢，
为 什 么 不 能 是 你

1

Chapter *2*

步步惊心，
步步为营

087

总有人要赢，
　为什么不能是你

目 录

CONTENTS

179

Chapter *3*
蜕变，
华丽转身

一　入　职　场　深　似　海

Chapter *1*

一入职场深似海

/

/

/

在那种情况下，我的脑子完全乱了，谁是好人、谁是坏人根本分不清了。心里有个声音告诉我，千万别去签那张破纸，签了我就死定了。▲

01 奢侈品公司的盛景与幻灭 _

　　坐在巨大的落地窗前，透过擦得纤尘不染的玻璃，我看到的，是这座城市在日落前最妖娆的景观。毕业五年，换了三份工作，终于找准了方向，从职场小白爬上了现在这个中层的职位，其中的各种复杂心酸，得失自知。

　　时间退回到三年前，2011 年的夏天，我跳槽了。

　　离开了刀光剑影、犹如现实版《甄嬛传》的奢侈品公司 L 公司，我彻底转型了。

　　先来八卦一下 L 公司吧。在 L 公司，我是一个小助理，除了做整个品牌的杂事，我还承担着从每个老员工手里分出来的破事。

虽然顶着品牌助理的头衔，但其实我就是个保姆。

由于 L 公司是我大学毕业后去的第一家公司，在那样恶劣的环境下，我仍然坚持了两年。遇到的极品事件实在太多，比如某天，培训经理对我说："小曼，你该为大家做点贡献。现在天冷了，以后每天中午你给我们做豆浆吧，老板看着呢……"

做豆浆？我一个大学毕业生给办公室里十个人磨黄豆做豆浆？我顶了那个培训经理一句："是你自己想喝吧？想喝你去楼下全家超市买啊，为什么要我磨？"

培训经理没再说话，她意味深长地看了我一眼，我再蠢也能感觉到那一眼的力量不可小觑。

果然，一星期后，我收到了培训部发来的抄送品牌总监的投诉邮件，大致意思是我工作不得力，拖累培训部搞砸了一个培训计划，还含沙射影地说我做事不负责任。

是没喝到豆浆所以对我心存怨恨吧？我心里很清楚培训经理是公报私仇，但是也无可奈何。后来在许多事情上，培训部都刻意针对我，品牌总监表现出置身事外的态度，最后是我落了下风。但是我始终不愿意低头去磨豆浆，我认为磨豆浆不属于我的工作职责。好在 L 公司的内部斗争错综复杂，不同派系之间总是斗来斗去，后来培训经理和市场经理关系破裂，培训部鸡飞狗跳、自顾不暇，暂时没有人再把矛头指向我。

我们品牌有十个人，大部分是女的，唯一的男生，性取向也

是……除了我以外，其他九个人分别负责销售、市场、培训。除
了我们品牌，L公司还有其他大大小小的品牌。我们品牌算是口碑
不错、业绩中等、还能生存的，有些品牌业绩一直做不上去，品
牌总监也是战战兢兢地过日子。我曾亲眼看见另外一个品牌的总
监上午还兴高采烈地来上班，下午就面如土色地提着箱子离开。

　　这种奢侈品公司是不讲感情的，只看业绩，也就是所谓的
performance。所以你会发现人情很淡，和后来我去的T公司完
全不同。总之，L公司就是外表光鲜，大家疯狂追求名牌，看不上
任何一个屌丝牌子。我曾经戴过一条黄金项链，被嘲笑了好几天，
他们跟我说Tiffany也过时了，他们买伯爵[1]……我看看我的银行
账户，沉默了。

　　当时我的工资是每月四千元加五百元津贴，我买不起伯爵，
跟他们没有共同语言，属于编外人员。

　　只是后来，离开L公司以后，我和曾经还算聊得来的Hugo，
也就是那个唯一的男生一起吃过一次饭。从他嘴里，我知道了很
多当时所谓的"内幕"，还有其实他们的工资也没有外界想象的那
么高，只是他们过惯了那种生活，也不知道应该如何从虚幻的盛
景中走出来。

　　让我决定离开L公司的导火线，是一次全国销售会议。当时

　　1　Tiffany，中文品牌名为蒂芙尼，美国珠宝和银饰品牌；伯爵，瑞士高级腕
表及珠宝品牌。

公司业绩下滑，为了省钱，公司决定把全国的销售都召集到上海的办公室，而不再是以往全国各地的五星级酒店。开会就开会吧，市场部于是如火如荼地准备 PPT，连续加了好多天班，我也跟着备战到半夜。

　　开会那天，不知道是谁提出让我给大伙儿订盒饭。好多人坐在会议室里，有聊天的，有喝咖啡的，有玩手机的，就是没有人愿意配合写一下自己要吃什么，全都大爷似的喊："小曼，我要黑椒无骨鸡柳饭！""小曼，来份海鲜炒面！""小曼，给我点一份意面加一杯咖啡。"……

　　我手忙脚乱地写着，三十多人的午饭哪！到培训经理点单，她居高临下地看我一眼，带着傲慢与不可一世，就是那一眼，把我的自尊碾成了碎片。那个下午，就在我派发完三十多份盒饭自己却还饿着肚子跑去买咖啡的路上，我决定辞职。

▶ 职场技能 · Get ✔

　　奢侈品公司是不讲感情的，只看业绩，也就是所谓的 performance。

02 "卖"出一个好价钱 _

花了一个月时间找工作，咳，当然是骑驴找马的方式。裸辞是有风险的，我见过许多自信满满的人裸辞后花半年时间找工作，越找越没自信。说回我自己吧，因为有 L 公司的工作经验，我在求职市场还是有点身价的。

当时过关斩将，一共拿了三个 offer（录用通知），有比 L 公司更高级的意大利精品品牌公司 Gucci（古驰）公司，有服装行业的 Y 公司，以及后来我去的那家传统工业公司 T 公司。

Gucci 看中了我在 L 公司的运营经验，想让我过去管理几家门店，做运营助理，月薪七千五，加奖金，属于中上水平，混得好可能一年还会发几个包给你背背。

Y公司给的职位是PR[1]专员，这个职位听起来很不错，其实也只是公关助理，不会接触到核心的媒体资源。而且服装公司一般都比较抠门，工作时间超长，大家都懂的。

面试的时候，HR[2]一个劲儿地说："你没有公关经验，我们却给了你一个专员的头衔，所以薪资方面可能会适当降低，你还愿意考虑吗？"

"哦，谢谢，我不愿意。"我想也不想，直截了当地拒绝了，但是HR仍然给我发了offer，忽悠我接受。说实话，我并不是"朝钱看"，但是毕业两年，我在L公司的工资也只涨到五千，如果还要降薪，我几乎没法养活自己。而跳槽的话，工资一般都会有10%~30%的增长，比较合理。很多人认为起薪低没关系，进了公司后可以慢慢涨，这是不可能的。如果你的起薪低，每年的调薪也相应地比别人少。在谈offer的时候，哪怕多谈五百块钱也有很大意义，因为你的每一次涨薪都以你的起薪为基础，而你将来跳槽的加薪也以你目前的工资为基础。

由于我没有任何技术背景，进工业公司做专员是不可能的。工业公司的HR是那种看起来比较老实的宅男，他觉得我英语不错，性格外向，于是想把我推荐到项目研发部给老大做

1　Public Relations，公共关系。
2　Human Resource，人力资源，文中指负责人力资源管理的人。

秘书。这个职位我不太满意，毕业两年，我不想停留在秘书或者助理这种打杂的、没有技术含量的职位上，但是 T 公司的实力不容小觑，每年的福布斯榜单上，T 公司都稳稳地维持在前一百名，如果能在这样的公司里做到中层，可以说前途一片光明。

所以，这三个 offer 其实各有千秋。Gucci 的工资最高、行业好，而且"高大上"，我个人最偏向去 Gucci。去 Gucci 面试的时候，面试官是香港人，问的问题也很刁钻：你什么时候会考虑结婚？如何平衡工作与生活？女孩子都觉得运营很辛苦，没有前景，你是怎么看的？诸如此类。建议大家面试前都先上网搜索一下，至少准备两三个标准答案。说实话，我对运营并不是最感兴趣，但为了摆脱秘书和助理这样的角色，我愿意考虑。就在我打算与 Gucci 签订合同的时候，发生了一件扭转乾坤的事情，彻底改变了我的人生轨迹。

我一直都有在网络上写写趣事的习惯，因此也结识了不少人，有些就像路人一样，也有一些挺聊得来，久而久之居然成了朋友，其中就有林以夏。当时还没有什么人用微信，我跟他是在微博上认识的，看到对方微博里好玩的东西相互评论一下，久而久之成了朋友。我没怎么打听过林以夏的工作，好像是什么经理，混得不错，平时我们最热衷于聊微博上的各种段子，不太谈及工作和生活，但跳槽的事我随口一说，他倒是挺关心的。

"你自己想选哪家公司呢？"他在微博上发私信问我。

"我想去 Gucci 啊，钱多、公司好，就是稍微远了点。"

"你为什么不考虑下 T 公司呢？三家公司中，T 公司是最佳雇主啊。另外，Gucci 和 Y 公司都是时尚类公司，说白了，就是整天斗来斗去的，你的性格其实不适合这种公司。依我看，你还要再磨炼几年才能适应那种复杂的环境。而 T 公司虽说给你一个秘书的职位，但其实你跟了一个研发部的老大，能学到很多东西。"

"去 Gucci 做运营也能学到东西啊！"我有点不服气。

"你了解过什么是运营吗？我觉得你并不清楚。所谓门店运营，也就是给门店输送物资、配货以及日常维护，这是一个比行政更偏向行政的工作。我不认为你适合去做运营，以我对你的了解，不到半年，你就会哭着辞职的。"

林以夏的话让我沉思了起来。我确实是一个很讨厌一成不变的人，运营的工作没有发挥空间，确实容易厌倦。

林以夏似乎看出了我的纠结，趁我还在摇摆不定的时候抛出了重磅炸弹，他说："好了，我也不想瞒你了，我就在 T 公司上班。T 公司的秘书一般一两年就会内部转岗，你可以往喜欢的发展方向走，我觉得是非常不错的。"

林以夏，这个我在微博上认识的男人，竟然三言两语就说服了我。直到今天，我仍然觉得他是我生命中的贵人。最后我权衡利弊，跟 T 公司签了"卖身契"，并且卖出了一个我可以接受的好价钱，我的职场生涯就此开始了新的篇章。

▶ 职场技能·Get ✓

　　你的每一次涨薪都以你的起薪为基础，而你将来跳槽的加薪也以你目前的工资为基础，所以不要寄希望于将来，要着眼当下，谈 offer 的时候即便是五百块钱也要争取。

03 T公司初印象 _

　　2011年7月1日，我去了T公司。作为新人，第一天上班肯定要给别人留个好印象，所以我挑了白衬衫和黑色短裙，万无一失。既不会显得太活泼，也不会显得太老气，关键词：专业。

　　T公司有三幢楼，一号楼是最核心的楼，汇集了全公司最赚钱的部门、最热门的业务，外加总裁办、人力资源部及财务部。相对来说，二号楼和三号楼就是T公司收购的了公司以及相对不那么赚钱的事业部。而我要去的部门是研发部，业绩一般，由于偶尔也会研发出几款新产品，目前还站得住脚。T公司属于传统制造业，其业务遍及太阳能、汽车零部件、家电、智能家居等，作风相当低调，知道的人不多。

　　我的直属上司是研发部的 VP[1]，他是一个典型的德国人，不苟言笑，因为德国人的全名太长，我们就叫他老 P 吧。老 P 对我的到来表示了热烈的欢迎，我有点意外。他领着我参观了整个研发部，我感觉到他相当有地位。

　　话说老 P 长得非常像《这个杀手不太冷》里面的男一号里昂，他被总部派到中国来已经有五个年头，他这人脾气不好，换过好几个秘书了。当然，他算盘也打得很精，说是他的秘书，其实需要兼做一些项目上的事情，也就是花一份工资等于请了两个人。这些我也是后来才知道，觉得自己上了贼船。

　　研发部共分为六个小组，每个小组都有一个 team leader（组长），三个是老外，还有三个是中国人。六个小组都直接汇报给老 P，一共七十多个人。当然，与我们部门合作密切的是采购部门，因为我们做项目需要使用的设备和零部件都必须通过采购置办，他们与我们坐在同一楼层。不过采购都是很牛的，属于"朝南坐"的岗位，非富即贵，大家都争先恐后地巴结他们。供应商每年把采购当大爷一样地伺候着，就怕公司不跟他们续约。

　　人太多我记不住，一圈介绍下来，印象比较深的是一个 team leader。法国人，笑得很诡异，还提醒我不要成为"下一个被开除的秘书"，感觉他人品很差。另外一个就是采购，叫陆鸣，他跟我

　　1　Vice President，副总裁。

握手的时间感觉比别人都要长，也可能是我多心了，不过他长得挺帅的，打扮也算入时，在一帮工程师里显得格外突出。

　　然后我见到了我的前任，也就是被老 P 赶走的前任秘书，她叫李佳，年纪比我大许多，是一个典型的工科背景的老实人。

　　我们部门一共就两个非技术人员，除了李佳，还有一个刚从实习生转正的部门秘书。我主要负责部门领导也就是老 P 所有行政上的事情；部门秘书则低一级，负责整个部门的行政事务和那几个老外的报销啊、机票和酒店啊之类的杂事。

　　我见到部门秘书的第一眼，心里"咯噔"了一下。很漂亮，虽说不是那种传统意义上的美女，但是她人很高，瘦，皮肤又白，光是这些条件就已经可以在这种老土的公司里吸引一大批工程师了。

　　更何况她的五官不算难看，还带点邻家小女孩的亲切。"你就是夏小曼吧？总算来了，我一直盼着你来呢，以后就不寂寞了呀！"她笑得很甜，还握着我的手非常亲热地跟我说话。

　　我被她的热情搞得很不好意思，连忙回应："你好，怎么称呼你呀？"

　　"哦，我叫萧萧，是在 T 公司实习的，刚转正。早就听李佳姐和老板提过，马上要来一个很厉害的秘书，是从很有名的 L 公司跳槽过来的，我们一直都盼着你呢！今天一见，果然很美，超级会化妆，从奢侈品公司出来的人就是不一样呢！"

　　这番话我听了很受用，说真的，在 L 公司两年，别的没学会，打扮倒是学得妥妥的。不过我也眼尖，瞟到了萧萧脖子上价值不菲的宝格丽。

　　"萧萧？你的名字很不错。其实我也是机缘巧合过来的，以后请你多关照啦！"我这个人还是比较好拉拢的，她夸我的那些话已经让我对她印象很不错了。

　　我和萧萧还算谈得来。我八七年出生，她八八年，年龄相近，所以共同话题也多。而李佳是已婚妇女，人也比较严肃，看不惯我俩疯疯癫癫，总是呵斥我："夏小曼，你认真一点，别净顾着聊天，我还有一个星期就要走了，咱们还没有交接完呢！"

　　"知道了，领导！你别总是那么严肃嘛，过来吃块饼干好不？"李佳这人虽然凶了点，但人真的很不错，跟我交接的时候也是毫无保留地教我，所以有的时候我在她面前很调皮，嬉皮笑脸的。人家说伸手不打笑脸人，她也拿我没办法。

　　"李佳姐，我问你一个问题，你老实回答我。"我拉拉她的衣袖，收敛了笑容，压低声音说。

　　"怎么啦？突然这么严肃，吓我一跳。"大概是我平时总不正经，突然这么严肃，她有点不习惯。

　　"我听别人说，你自己并不想走，是老 P 和 HR 合伙赶你走的？"

　　"唉，也不能这么说。我来了不到一年，和老 P 总是有摩擦，自己也想走了，刚巧公司内部有一个其他的机会，HR 帮我安排了下，我就决定过去了。"

"这么说，你不会离开公司？"

"嗯，我就在二号楼，T公司集团下属的一个子公司，效益也不错。虽说待遇比不上T公司，但是我在这里待下去也没什么意思了。"李佳说这话的时候，眼神里有一闪而过的失落，努力工作却得不到领导的认可，换了任何人都会心灰意冷吧。

我想了想，又问："那老P这人是不是特别难伺候呀？听说他都换了好几个秘书了。"

"其实也不能这么说，他脾气有点大，其实人还不错，就比如这次我转岗，他也帮我说了不少好话，可能也不想我被开除那么可怜吧。"

我点点头，说道："那明天是你在这里的最后一天，临别前有什么要嘱咐我的吗？"

李佳看了我一眼，意味深长地说："夏小曼，我能感觉出你是一个实在人，也单纯，心眼不坏。萧萧……虽说她年纪比你小，工作经验不比你丰富，但你要当心她。她当初想坐你的位置哦，可惜老P觉得她太嫩了，没有答应，她心里对你肯定是抵触的，甚至有一些嫉妒，明白吗？别傻乎乎地跟她掏心掏肺。"

我不说话了。感觉这些日子以来，萧萧是有些怪怪的，虽然她没有对我表现出什么，可是当我问她一些与工作有关的事情的时候，她总是推托，或者说敷衍我。部门里的事她也总是做得马马虎虎，上班时间老打私人电话，还跟我说不用那么认真。难道她年纪轻轻就这么有心计吗？我额头开始冒汗，拉住李佳的手："真的吗？你别吓我，我已经跟她说了很多不该说的了，她不会把我卖了吧？"

"我说你傻吧，人家水深得很，在老板面前可会表现了。你的级别应该是七吧？比她高一级，照理说，你可以指挥她，不过我觉得，以你现在的样子，不太可能。"

仔细想想，李佳的话很有道理。而且我这人虽然不爱搞钩心斗角这一套，但是经历了 L 公司的钩心斗角，我看人很准。直觉告诉我，萧萧会成为我在 T 公司的第一块绊脚石！

▶ 职场技能·Get ✓

作为新人，第一天上班要给别人留个好印象。打扮要得体，既不能显得太活泼，也不能显得太老气。

04 职场白莲花 _

李佳走了以后，我在 T 公司熬过了异常忙碌辛酸的三个月。

一切正如李佳所说，虽然我级别比萧萧高，但是不知道怎么搞的，总是受她掣肘，我做什么事都施展不开。

来 T 公司那么久，我从没见过林以夏，他也很久没有上过微博了。我试图在公司的通讯录里面找他的联系方式，却找不到，如果能见到他，我就可以向他请教 T 公司的生存之道了。

这天，我们部门接到通知，要更换所有员工的座位名牌。这工作自然是归属部门秘书做的，我就顺理成章地把通知邮件转发给萧萧，顺便抄送老 P，意思是让她去跟。没想到她将我一军，回复道，因为这个工作是由上而下开展的，该由老 P 发号施令，大家配合，我是老 P 的秘书，所以我才是那个该出面协调的人。

被她这么一搞，老 P 也觉得不无道理，当下把这个活儿派给了我，还加上了完成期限。我心里一阵光火，朝左边的座位看过去，当事人正若无其事地跟男朋友打电话呢！

妈的！我在心里咒骂了一声。每天忙得像狗一样，老 P 这个人事情本来就多，加上萧萧推到我身上的乱七八糟的活儿，我基本上每天都要加班半小时，有时候更长。而她每天轻轻松松，一到五点半，包一拎，走人。

这样下去，我不成白痴了吗？好歹比别人多两年工作经验，怎么混成这样？我在心里暗暗下定决心，一定要搞走她，只要有这个女人在，我就不可能有好日子过。

许多人总是不明白，为什么自己的级别比对方高，却总是干一些杂事，还不如对方，想要开骂，却总是被对方“欲语泪先流”的模样惊呆，继而日复一日地重复这种遭遇——因为你低估了白莲花的心机。

原本我跟白莲花就井水不犯河水，后来激发我们矛盾的是一个坑爹的任务。

T 公司经常有一些乱七八糟的、由上而下的任务，常常是德国总部压下来的，我们下面的人根本无法推托。今年也该我们倒霉，2011 年，单数年，公司要完成一个大调研，就是让所有员工

　　到线上去做问卷，说说对公司有什么不满，对领导有什么意见。

　　这根本就是个狗屁任务，员工怎么可能到线上去说真话？虽说是匿名的，但你怎么能肯定到最后你的领导不会知道在背后骂他的人就是你？大家也都心中有数，随便凑凑字数完成任务就可以了，没有人会认真做问卷，更不可能写什么真心话。

　　研发部的调研好在老 P 交给了萧萧做，我在心里偷乐，这么个坑爹的工作，谁做谁倒霉！

　　萧萧的脸色也很难看，我不止一次听到她打电话跟男朋友和其他部门的秘书抱怨："哎呀，这个工作好烦哪，人家不会做！这个部门乱七八糟的事情好多，早知道当初不选这个部门了！"

　　我心里超鄙视她，作为实习生，能够转正就已经很不容易了，再说 T 公司也是应届生眼里的香饽饽，留下来还嫌三嫌四，活该你只能做部门秘书！

　　这个时候，她看到采购陆鸣走过来，马上挂了电话，对陆鸣甜甜一笑："有何吩咐呀？"

　　这个陆鸣经常会过来跟我们闲聊，所以大家关系还不错，加上陆鸣长得帅，我和萧萧也都不讨厌他。

　　"看到你们最近好像都很忙，过来慰问一下。"他双手叉腰，一副春风得意的样子。陆鸣是八五年的，采购部门的红人，深受采购部上下的喜爱，很擅长拍马屁，所以领导对他青睐有加。

　　"哎呀，人家最近很忙啊，不是接了这个调研的活儿吗，不知道从何下手，心里很烦哪！"萧萧对着陆鸣撒娇，我习以为常。这些日子以来，我见惯了她对部门里的男同事发嗲，找各种借口让别人帮她完成工作，所以眼下，我根本不觉得奇怪。

"哈哈，这么倒霉啊？那你不是要协调七十多个人到线上去做问卷，还要给他们培训、收考卷，再统一上传到德国？你完了！"陆鸣比我们早进公司，他对这些流程都已经很熟悉了。

"哎呀，也不能这么说嘛，这个工作很锻炼人的！"我朝陆鸣使眼色，暗示他别乱说话。

萧萧翻翻白眼，讽刺我说："哎哟，又不是给你做，你当然说风凉话啦！"

"萧萧，我不是这个意思，如果你真的遇到了困难，我会帮你的！"这番话我说得诚心诚意，工作上一般别人遇到些小问题，我都乐意帮忙，谁没有困难的时候呢？不过，我很看不惯她利用自己女孩子的身份把事情推给别人。

"你看人家夏小曼多成熟，不愧是在奢侈品公司混过的，佩服，佩服！要不晚上大家一起吃顿饭吧，熟悉熟悉，我最近正好很闲。"

我心里觉得奇怪，他没事约我们吃饭干吗？不过直觉告诉我，他似乎对萧萧有好感，虽然萧萧有男朋友的事情很多人都知道了，但这不影响别人追求她。

那天晚上吃饭倒也没什么特别的，有陆鸣在，我和萧萧之间那种紧张的气氛稍微缓和了点。陆鸣给我们大概讲了下 T 公司的架构、我们研发部的核心人物，等等。

我看他对公司如此了解，便问他："对了，陆鸣，你认识一个叫林以夏的人吗？好像是一个什么经理。"

陆鸣说不认识。他说，我们公司那么大，每个部门又是独立运作，一般人待个几年都没搞清楚坐在旁边的人是干什么的。这话把我逗乐了。

想来我会进入 T 公司全是机缘巧合，现在福祸未知，林以夏这个牵线人又失踪了，可怜的我就只能像一只孤独的小船在狂风暴雨里漂泊了。

▶ 职场技能·Get ✔

许多人总是不明白，为什么自己的级别比对方高，却总是干一些杂事，还不如对方，想要开骂，却总是被对方"欲语泪先流"的模样惊呆，继而日复一日地重复这种遭遇——因为你低估了白莲花的心机。

05 与八八年小姑娘的第一轮 PK _

事实证明我完全低估了白莲花的能力，以至于被她先发制人，或者说我的观察还不够细微，并没有在异样发生前就警觉。有一天早上，我一进办公室就看到老 P 站在萧萧的座位旁，很严肃地说着什么。萧萧指手画脚，貌似在解释什么。老 P 看到我，笑着打招呼，并且走过来与我握手——这是我们公司的惯例，德国人喜欢每天早上与自己的员工握手问候，而这个时候，你必须站起来，毕恭毕敬地微笑致意，不能傻坐着，这样显得一点也不礼貌。

我隐约觉得不大对劲，等我上完厕所回来，居然看到萧萧坐在老 P 的办公室里哭，透过玻璃，我看到老 P 一边安慰她，一边时不时地点头，表情很严肃。萧萧则抽泣着，用纸巾擦了擦眼泪，显得楚楚可怜。我觉得非常困惑，萧萧与老 P 在工作上并没有太多的交集，她明明是负责部门里几位组长的行政事务，为什么要去找老 P 呢？难道是说我的坏话？

　　就在我胡思乱想之际，办公室的门开了，萧萧走了出来，我注意到她的眼睛都哭肿了。还来不及问她发生了什么事，就听到老 P 喊我进去，一股不祥的预感油然而生……

　　我坐下来，老 P 看看我，若有所思地说："你觉得协调大家完成调研这个工作难吗？我想听听你的看法。"

　　"我不是非常清楚这个工作的流程，因为我刚进入 T 公司，但是之前听到其他同事提起，我个人认为应该不是很难。"这番话我答得比较中肯，也是事实，但是我不明白老 P 为什么要来问我。

　　"是这样的，"他停顿了下，"萧萧是新人，刚毕业，能力嘛，也没有你强，面对员工调研这样的工作，措手不及也很正常。我仔细考虑了一下，觉得这个工作交给你去做更合适，你觉得呢？"

　　什么？原来是想把这个工作推给我啊。我回过头去看萧萧，发现她很紧张似的观察着办公室里的一举一动，原来她哭得那么厉害是向老 P 装可怜博取同情。我恍然大悟，随之一股愤怒涌了上来，我真的很想拍桌子，问问这个愚蠢的德国男人："难道新人就不该做有挑战性的工作吗？如果有经验的人就理所应当要替新人做事，那新人不就永远不会进步了吗？我能力强所以就要帮别人完成任务，这是什么逻辑！"

但是我刚进公司，除非不想混了，否则都要尽量忍耐。想到我的职业生涯，我只能试探地问老 P："您觉得我的 workflow[1] 如何呢？"

老 P 狡猾地笑了，他说："到目前为止非常合适，我不认为有什么问题，你自己感觉太忙了吗？"他的态度很明显是把皮球踢回给我。

我懂了，彻底懂了，摇摇头："好吧，这个任务就由我来接吧。但是，您要记住，这原本不是我的工作，而是因为萧萧是新人，能力不够，我答应帮助她。所以在我忙不过来的时候，萧萧必须协助我共同完成，可以吗？"这番话我说得合情合理，老 P 根本不可能反驳，如果他还不分青红皂白，我就怀疑他是否和萧萧有什么私情了。如果是这样，我还是趁早离职的好！我这么做也算是捍卫自己最后的一点权力，不能被一个八八年的小姑娘欺负得太厉害！

老 P 像是松了口气，爽快地说："没问题！小曼，这件事就由你主导，萧萧协助，你们就像一家人一样把这个任务完成就行了，

1　工作流程。

太好了！"

我心里真的很酸。走出老 P 的办公室，我看一眼萧萧，没料到这个八八年的小姑娘竟然还懂得在背后暗算我。究竟是我太天真，还是世道太险恶呢？其实老板根本不在乎一个 team 里面究竟是谁把活儿给做完，只要有人做就行。老板永远只看重结果。利用这一点，我也把萧萧拉下了水，到时候我忙不过来，她也别想置身事外。

萧萧装作不知道我已经接了她的活儿，只顾在那里东摸西摸，假装正在整理办公桌。我喊她："喂，你把员工调研的东西都移交到我这里来吧，老 P 把这个活儿交给我做了！"

"什么？怎么会这样？我只是跟他讲我年纪太小了，这个工作对我来说有难度，希望他另外找一个更合适的人来完成。但是我绝对没有让他交给你做，真的，你要相信我！"她瞪大眼睛无辜地望着我，看起来还有些手足无措……

够了，我心里厌恶到了极点，shit！都什么时候了，还在那里演戏。如果不是你去说的，那还会是谁啊？再说了，一共就我们两个人，不是你做，就是我做，难道还会交给工程师去做啊？

不过你会演，我也不是傻子。这种时候把事情挑明、把关系弄僵对我也没有好处。我皮笑肉不笑地说："萧萧，没关系，我已经答应老 P 把活儿接下来了。不过老 P 也说了，我也比较忙，所以需要你协助我共同完成。"果然，她听到这里脸色变得很难看，僵硬地说："没……没问题，你忙我知道的，那你先做着，等忙不过来的时候再来叫我。"

就这样，员工调研的工作彻底落在了我的头上，我强迫自己冷静下来，认真地看了一遍由公司总裁办发出的通知（本来该由 HR 发，为了显示这个工作的重要性，改由总裁办发）。我仔细分析了一下每一个节点需要完成的事情，列出一份清单，不清楚的地方我打算打电话去问李佳，她肯定比我知道得多。

有一个事实摆在眼前：在和萧萧的第一次正式交手中，我落了下风。

▶ 职场技能·Get ✓

老板根本不在乎一个 team 里面究竟是谁把活儿给做完，只要有人做就行。老板永远只看重结果。

06 Key Person _

就在忙得不可开交的某天下午，公司的 HR 王安娜给我打来
了电话，她是专门负责我们这个部门的 HR partner(人事伙伴)。
除了招聘，升职加薪啦、海外培训啦，全部由她管。可以说，她
的地位不亚于我的直接老板，是 key person (关键人物)。

"亲爱的，找我什么事？"我和她已经混得很熟。她大我三岁，
性格也很外向活泼，还给我介绍过男朋友，虽然没成，不过我俩
因此成了不错的朋友。

"哎，曼曼，你现在有空吗？"她说话的声音神秘兮兮的。

"干吗呀，又要给我介绍男朋友啊？"我开玩笑地说。

"唉，不是！上次给你介绍的人，你不是对人家不满意吗？你要求太高啦，我这里没有合适的人了。"王安娜给我介绍的是一个工程师，非常木讷，不是我的菜。

"哈哈，那是什么事？你说呗！"

"哦，是这样，公司有一个领导想见见你，问你几个问题。我们在公司的 cafe shop（咖啡厅）见个面，聊一聊吧。"

"不会吧？"我吹了下口哨，"什么领导？不会是看上我了吧？"

王安娜已经习惯了我这种不正经的谈话风格，她说："好了啊，别闹了，一会儿看到领导态度端正点，十分钟后咱们在 cafe shop 见！"

我把电脑锁屏，考虑了下，随便找了个理由，让萧萧有事打我手机，就一路哼着小曲儿过去了。说真的，我来 T 公司这么久，还从没见过什么大领导。虽说老 P 职位不低，但比起一号楼的那些大老板，他真不算什么。不过，这些我也是从别人那里八卦来的，不太确定。

我到的时候，王安娜和一个看起来很严肃的男人已经坐在那里了。王安娜一如既往地穿着她那优雅却职业的套装，化了淡淡的妆。那个男人也是穿正装、打领带，头发梳得一丝不苟，看起来气宇非凡，完全是那种精英的调调。走近之后我注意到他的领带是 Hugo Boss[1] 的，不由得在心里感叹：T 公司也有追求名牌与

1　雨果博斯，创立于德国的世界知名奢侈品牌，时尚男士服装代名词。

细节的人嘛！

　　王安娜看到我很高兴，她朝我招手，示意我过去。她说："来，小曼，我给你介绍下。这位是邵斌，邵总，他是太阳能事业部的销售总监。"

　　"邵总，您好！"

　　"你好，不用这么拘谨，叫我 James 吧。"

　　"不敢，不敢，还是叫邵总吧。"

　　邵斌笑了笑，没有再推辞，说："想喝什么？我请客。"

　　王安娜马上打趣道："小曼，邵总对美女是很大方的，你千万别跟他客气。"

　　我买了一杯拿铁，感觉谈话要正式开始了，也不敢松懈。

　　邵斌稍微客套了下，问了点无关紧要的事就切入正题了："夏小曼，你们部门是不是有个离职的人叫李佳？"

　　原来和李佳姐有关啊，我心想。

　　"对啊，她是我现在老板的前任秘书，应该是去了咱们公司的子公司吧。"

　　"嗯，那她平时的表现怎样？大家对她的评价是怎样的呢？麻烦你告诉我一些情况。"邵斌继续追问，他说话的语气非常有礼貌，而且张弛有度。

　　但他的问题实在不好回答，我感觉这简直就是一个烫手山芋。李佳对我不错，我又摸不透邵斌打听她的目的，实在不知道该怎

么回答,总不能说李佳是因为太老实不得老 P 的欢心所以被赶走
了……看我不说话,王安娜帮我打圆场:"小曼,你别紧张呀。我
给你解释一下,不过这事现在是内部机密,你可千万不要告诉
别人。"

内部机密……听到这四个字,我正襟危坐,来了精神:"好!
你放心,我一定保守秘密!"

"这李佳呢,去了现在的部门以后,捅了一个大娄子。听说她
未经采购部门的许可申请了一笔费用,现在采购总监给她发了警
告信,她的老板呢,也就不想留她了。我这边挺为难的,因为我
们公司一向没有开除人的先例,上面的意思是让我妥善安排她。
我对李佳其实也算了解,她是一个老实人,做事非常踏实,这次
闹出这么大的事,肯定是被谁陷害了。正好邵总这边缺一个销售
助理,我想推荐她过去,但邵总也不敢接这个烫手山芋,毕竟李
佳已经连续被两个部门辞退了。"

我点点头,从王安娜的话语中了解了整件事情。我看看邵斌,
直觉告诉我他是一个好人。我觉得李佳这样老实本分的人,在 T
公司真是受尽了委屈,思考片刻,我说:"邵总,我觉得李佳的工
作表现没有问题,她的人品我也认可。但她是一个老实人,钩心
斗角这些事情她做不来。我认为,如果您那边销售助理的职位是
靠实力的,那李佳没有问题。"

邵斌看着我,沉思了一下:"那你的意思,就是李佳的情商不

太高是吧？”

　　“这个……我不知道该怎么说，算……算是吧！”

　　邵斌点点头。“行，我知道了。谢谢你的建议，对我很有帮助。”他说着站起身，“我一会儿还有个会，先走了，你们再聊一会儿吧。”

　　邵斌走了后，我问王安娜：“这个邵斌职位很高吗？是他职位高还是我老板职位高？”

　　王安娜捏捏我的脸，故作神秘地说：“这是公司机密，你不许向我打听这些。”

　　“哦？是吗？本来还想给你说个八卦的，既然你这么说，那就算了吧！”我故意吊她胃口，其实我也没什么八卦。我跟王安娜之间有一种很自然的默契，比如我会主动向她爆料我们部门的八卦啊、小道消息之类，谁谁谁好像在找其他的工作了，谁谁谁谈恋爱了，让她掌握先机。而作为信息交换，她也会教我很多东西，我们之间算是一种联盟吧。

　　这样的关系链，我也是在 L 公司学会的。但从心底来说，我挺喜欢王安娜的。

　　既然王安娜不是外人，趁着这个机会，我把我和萧萧之间的矛盾向她倾诉了下，顺便咨询下专业人士的意见。王安娜给我分析了所有的利弊，她说：“你老板现在根本搞不清楚你和萧萧究竟谁才是做事的人，对他来说，你们都是新人，所以你要忍，先把活儿接下来，要做得漂亮点，这样你就加分了。以后慢慢巩固了地位，再去旁敲侧击，暗示萧萧是个不做事的人，会偷懒，你老板自己也会观察的。等她没有地位了，再想个法子把她弄走。"

我听了她的一番话，觉得很有道理，但按照她的话去执行得花多长时间啊？"安娜，这得多久啊？我现在就忍不下去了。你要知道，每天我都忙得要死，而她呢，在旁边打电话聊天，涂手指甲，像个花瓶似的。不过，我们部门里喜欢她的人可不少。真不明白，她在男人面前怎么就能装得那么天真无邪？"

王安娜笑了，她摇摇头："论长相，你绝对不比她差，不过她会装，而你太直。要知道，男人都喜欢会装的女人。越能装，越讨男人喜欢，你也要适当掩饰下自己，懂吗？"

"我才不要，这样多累！再说了，我们部门里的男人我也看不上啊，一帮工程师，傻得要命。就一个采购还行，叫陆鸣，应该有八级，不过他太圆滑了，我觉得我根本 hold（控制）不住他。"

"哦，陆鸣？我知道。他们采购不归我管，不过他好像挺能干的，得过最佳员工。"

"真的？那他的工资有多少呀？"

"哎，工资可是保密的，再说我也不知道。干吗？你怎么对他这么感兴趣啊？喜欢人家？"

"哦，不是，不是，他好像对萧萧有点意思，我随便问问啦！"

王安娜取笑我："那你就示弱，不要表现得那么强势。在对方羽翼未丰的情况下先把他拉过来，让他跟你站在同一条战线上，多个盟友比多个敌人要强。等以后陆鸣升上去了，想巴结他的人就多了，到时你再抢就晚啦！"

我觉得王安娜的话很有道理，在心里稍微计划了一下，打算找个机会拉拢陆鸣。

▶ 职场技能·Get ✔

在对方羽翼未丰的情况下先把他拉过来，让他跟你站在同一条战线上，多个盟友比多个敌人要强。

07 双鱼男的心机 _

话说自从我去了 T 公司，已经很久没见程子琳了。程子琳是我的死党，也是我的高中同班同学。我俩上学那阵子没少干考试作弊、上课吃零食这些事儿。程子琳是个性格与众不同的女孩子，怎么说呢，她不太合群，喜欢的东西也很小众，是典型的水瓶女。

她在一个奢侈品集团做公关，那些高大上的珠宝活动上基本上都能找到他们的那个牌子。她每天十点上班，做到晚上十点，一般一个月我能见她一次就算不错了。

最近更是没影儿，我看她发的那些微博，感觉她似乎是恋爱了。给她打过几次电话想约她吃饭，她总说没时间……

　　一眨眼，员工调研的事情离 deadline（最后期限）没几天了，我有些着急。虽然我定期发邮件提醒大家，但调研这种事情没人重视，于是进度缓慢。我不由得焦躁起来，又群发了一遍邮件，并且抄送给六个 team leader。我的肩膀有点酸痛，我揉一揉肩，站起身准备去 cafe shop 买杯拿铁，陆鸣走过来跟我打招呼："忙吗？一起去买杯咖啡吧。"

　　"哦，我正要去，那走吧。"

　　"你今天脸色很难看呀，出什么事了吗？"他有些关切地问我。

　　"没事，能有什么事？太忙了。"我敷衍地答道。在我心里，陆鸣是喜欢萧萧的，所以他就是敌人。面对敌人，我又怎么可能暴露自己的弱点，当然得把自己保护得无懈可击。

　　他挑起眉毛，有点不信："真的没事吗？有事的话跟我说说吧，说不定我可以帮上忙哦！"

　　"说了没事就没事，你怎么那么八卦呀？"我不耐烦了。他这人就是这样，啰唆而且很喜欢磨，盯上一件事情，不达目的绝不罢手。而且，他是与我最不合的双鱼男。我懒得跟他多说，心里有点后悔跟他一起去买咖啡了。

　　到了咖啡店，有几个男人排在我们前面，都西装笔挺的。陆鸣分别与他们打招呼、握手，他的脸上堆满了笑意，一副很尊重的表情。我心里想：肯定是大领导，这个马屁精！

　　"这个是夏小曼，项目研发部 VP 的秘书，很能干哦！"见他竟然把我也介绍给那几个男人了，我有点措手不及，赶紧换上职业笑容，与那些人点头致意。不过这种场面的应酬，以我的记性，不出半小时就会把他们的长相和名字忘了。

他们走了以后，我问陆鸣："他们都是谁啊？"

陆鸣给我买了拿铁，他自己买了一杯摩卡，我们找了个座位坐下，他才逐一告诉我："那个穿深红色衬衫的是采购部的领导，另外两个都是他下面的经理，旁边那个穿黑色西装、打领带的是销售部的副总裁，Mike，他是我们公司销售领域最大的了。"

我不由得佩服起来："那他们都是一号楼的吗？级别是不是很高呀？"

"那当然。最高的还是那个销售副总，他是公司总裁吴寒的亲信，可以说是总裁一手培养起来的，地位不可动摇。你看，那三个采购跟他一起喝咖啡，肯定是有求于吴总，但是又不方便直接去找他。所以呀，采购与销售看似没有关联，实际上内在的人际关系复杂得很呢。"

我似懂非懂地点点头："那这几个采购和你的老板比呢？"

"当然是他们更有实权，我的老板只是他们下属的采购呀。总有一天，我也要去采购的核心部门。你看着吧，两年后我要去做采购经理！"

"什么？你？"我忍不住大笑起来，眼泪都笑了出来。陆鸣是八五年的，他现在的级别比我高一级，是八级。而在 T 公司，要熬到管理层，必须到十级以上。一般两年升一级已经算很快了，陆鸣到九级需要两年，再到十级就是四年，以正常的速度，四年后他才开始进入管理层培育项目。再过两年，他可以当上所谓的初级经理，级别是 M1，到那个时候他已经三十好几了。而他竟然说自己两年后就要升到 M1，怎么可能嘛？我觉得他有点痴心妄想……

陆鸣没有笑，他看着我，一脸严肃地问："你嘲笑我？不相信我能做到是吗？我告诉你，我们那里没几个人认识这些领导。我在 T 公司这段时间，上上下下的人脉都摸熟了，刚才引荐他们给你认识，算是抬举一下你，没想到你也不上心。唉，浪费我一番好意！"

"哦，是吗？真是谢谢你哦，我还是把手里的事情做好再说吧。那些大领导啊、政治斗争啊，都离我太遥远啦！"喝一口拿铁，想到不知道何时才能解决和萧萧之间的矛盾，一股烦躁感油然而生。

"那你就错了。告诉你，我看得出来，你和萧萧之间有些矛盾吧？以你的资历，其实不该输给她，但是你可能不知道，她之前不在我们部门实习，而是在另外一个部门，后来那边不知道是没有空缺还是怎么的，把她推荐给了老 P。所以说，有这样一层关系在，老 P 多少要买点她以前的领导的面子。"

听了这番话，我恍然大悟："哦，难怪老 P 不由分说就把工作丢给我，真是太不公平了！我竟然输给一个实习生。那我该怎么办呢？"

"依我看，你现在缺少一个圈子。你知道对一个普通员工来说，最重要的是什么吗？"陆鸣问我。

"是 performance。"这是我在 L 公司学会的核心词。在我的认知里，工作表现比什么都重要。

"错，幼稚！是人脉。"

我有点不解。

"我简单给你解释下吧。老 P 下面不是有六个小组长吗，你得在当中挑一个，跟他混熟，把关系搞好，之后你再挑起他跟萧萧的矛盾。这样，由他出面在老 P 面前告状，有机会的时候，你也煽风点火说说萧萧的坏话，就不怕老 P 再向着她了！当然，这只是最简单的套路，今后有机会你还得想法子混进更高的圈子，慢慢积累人脉，这样你才能在 T 公司走得更远。"

我深思了一会儿，看看陆鸣那张不算历尽沧桑的脸，心里不由得佩服他。我的城府跟他比差太远了，他一个八五年的人居然有这般心计，我真不知道是好事还是坏事……

但我无法想通，他为什么要给我支着儿呢？

我终于按捺不住，心直口快地问他："哎，你不是喜欢萧萧吗？为什么要帮我啊？"

"谁说我喜欢她？她都有男朋友了啊！"陆鸣瞪着我，一副不以为然的样子。

"哦，我也是猜的。不过你也别不承认，我的直觉是很准的。"

我用手推了他一下，嘲笑他在我面前装模作样。

没想到陆鸣竟然脸红了，这次他没有否认："嗯，她长得的确很漂亮，单从外表来说，是我喜欢的类型。"

"你喜欢的是什么类型啊？说说！"

"不就是瘦瘦高高、白白的，说话声音很嗲，比较柔弱温和，男人不都喜欢这个类型吗？"

"哦。"我点点头，"看起来清纯无害实际上心机很深的白莲花呗，知道了。"

"你别乱说，萧萧其实挺不错的。"

"这不就完了，你觉得她不错，你为什么还要帮我啊？不会是挖个坑给我跳吧？"

"是不是坑，你试试不就知道了？我喜欢一个人不代表我就要在工作上帮助她，我是一个公私分明的人，你们两个谁做得多、谁做得少，我都看在眼里，部门的人心里也都很清楚。走吧，回去工作了。"

我不得不承认，无论是在智商还是情商上，采购红人都甩我几条街，不服不行。

> ▶ 职场技能·Get ✔
>
> 对普通员工来说，重要的不仅是工作表现，还有人脉，要想办法混进更高级的圈子。

08 高层路线 _

陆鸣的话在我心里引起了波动。

其一，我为了他那句男人都喜欢萧萧那个类型而不爽。我也怀疑自己是不是有点嫉妒萧萧，所以才对她工作上的表现非常挑剔。

扪心自问，我还真不是因为嫉妒而公私不分。

虽然我也认同萧萧确实很美。怎么说呢，她不是传统的第一眼美女，眼睛不大，但是她身材比例相当好，瘦瘦高高，皮肤白。再加上比较会打扮，走的是淑女风，在 T 公司这样的公司里，绝对是工程师们的女神。当然啦，她还很会撒娇，说话总是很柔很软，有时候我也会对她心软。

其二，我开始留意老 P 下面的六个 team leader。三个老外中，法国佬最难亲近，他总是皮笑肉不笑的，我觉得我根本不可能与他建立起关系。

另外两个，一个是韩国人，一个是德国人。韩国人看到我老是很咸湿地笑，说实话我怕他，所以他也不在我的考虑范围之内。德国人很年轻，他叫 Tommy，是个高富帅，他父亲在德国有一家很大的工厂，但是他不继承父业，自己跑到中国来打拼事业，很了不起，我们部门有许多女孩子都痴迷他，不过我听说他已经订婚了。他老婆也是德国人，据说是个牙医，牙医在国外等于摇钱树，所以我一直都觉得老外其实特别精明。

另外三个中国人也都各有特点。比较得老 P 欢心的两个是博士，其中一个是德籍中国人，在德国读的大学，然后被派回中国工作。他的级别也挺高，应该在 M1 以上，而老 P 是 M3，那个法国人是 M2。

我反复思考，决定把重心放在 Tommy 和刘博身上，刘博就是那个德籍中国人。我深信，在德国人的公司，最核心的始终是德国人。

这么决定以后，我稍微调整了一下我的日常工作作风，除了本职工作以外，经常帮他们两个做些额外的事情，也就是收个快递、顺便买杯咖啡之类，不值一提。

颇有进展的一次是我留下来加班，坐在靠近门口的第一排。

晚上七点多，听到后排有个人还在打电话开会，有时还会愤怒地骂人。我回过头，是刘博，也不觉得奇怪。

　　他接了几个很棘手的项目，顺带做了项目经理，于是每天都很忙，经常饭也顾不上吃。而我那时差不多忙完了，准备收拾收拾走了，顺手从抽屉里拿了几块饼干，泡一杯红茶，走到刘博的座位边上，他正好结束了上一个电话会议。

　　"刘博，又加班啊？吃点东西吧，不然要饿坏的。"

　　"哦，小曼啊，谢谢你啊。你怎么也加班啊？"看来他是真的饿了，把我给他的小熊饼干一股脑全吃了。他说："哦，这个饼干很好吃啊，你在哪里买的？"

　　我笑着说："下次给你多带一点，这种饼干的确很好吃。"就是太贵了呀！算了，舍不得孩子套不住狼，我在心里暗暗说服自己。

　　"你在忙什么啊？最近老看到你加班。"他吃了饼干，心情也好了，于是关切地问。

　　"哎，没有什么，就是员工调研的事情。你也知道，这个是公司高层压下来的，老P也不敢怠慢哪。"

　　"哦，说到这个，这个任务怎么没有交给萧萧呢？原先这个调研工作都是安排给部门秘书的呀。我在这里做了这么多年，一向如此的。"

　　我心里窃喜，居然这么顺利就把话题扯到了这个上面。我在心里斟酌了一下，这么回答道："我也不是很清楚。萧萧好像觉得这个工作难度太大，她去找老P谈了下，情绪也比较激动，老P就让我帮着做一做。"

刘博面露鄙夷，他这样的读书人性格一向很直："工作难就推给别人做呀？我也觉得这个萧萧太娇气，我有好几次让她帮我做点事，她都推三阻四的。"

"刘博，以后你有什么事就来找我吧，没关系的。大家都是同事，互相帮忙是应该的。"我朝他真诚地笑着。说实话，刘博人还是蛮不错的，比那几个老外好多了。

"你是老P的人，我怎么敢找你呀？你来之前老P都跟我们交代过，你呢，只负责老P和项目上的事情，萧萧管我们几个team leader和部门的杂事，都分好了的。"

就这样，我跟刘博聊了好一会儿。他跟我讲了点他们以前刚来中国打江山的故事。原来他和老P是一起派过来的，算是元老，老P是他原先在德国的领导。我心里想，这关系该有多铁呀！

看来我这条高层路线走对了，加加班也有好处。我喜滋滋地收拾了包，往大门口走去。出了三号楼，我看见一个男人站在室外抽烟厅抽烟，定睛一看，是邵斌。我走过去打招呼："嘿，James，你怎么这么晚了还在抽烟哪？"

"夏小曼啊，你怎么也这么晚还没走？我出来透透气，大楼里不让抽烟。"邵斌随手把还剩一大半的烟掐了，可能是怕女孩子闻到烟味不舒服。我看着他，觉得他也没有那么严肃，忍不住逗他一下："你抽烟怎么也不找个烟友陪你啊？"

他不解地问："为什么要找烟友呢？我抽烟就是想自己安静下，思考点白天想不通的问题。"

"哦，我懂了，你抽的不是烟，是寂寞。"

邵斌笑了，他笑起来还真好看哪。我好像心动了一下，大晚上的，激素真容易上升啊。我克制了一下自己的情绪，严肃地说："要不以后你就找我做你的烟友吧，我也常常有想不通的问题，我们可以探讨探讨。"

"你又不抽烟，怎么做烟友？"他一脸的疑惑与不解。

"哦，你是单线思维吗？我虽然不抽烟，但是我可以陪你抽烟啊！你抽烟，我喝咖啡，这样总行了吧？"

邵斌完全被我的伶牙俐齿惊到了，他仿佛需要点时间来适应我白天与夜晚的切换，终于他慢半拍地答应了："好吧，不过咖啡必须我请客。"

"为什么？"这下轮到我莫名其妙了。

"因为我从不让女孩子埋单啊。"

我对他的好感度又提升了一点，觉得他真是一个和蔼可亲并且极具绅士风度的好领导，忍不住拍他马屁："我也好想有一个像你这么有绅士风度的领导啊，你简直比德国人还德国人。"

"哦，那你就错了，德国人并没有你想的那么绅士。在德国比较盛行的是男女平等，而我接受的是英式教育，所以总是 lady

first（女士优先）。"说到这里，他看了看表，"时间不早了，既然你夸赞我有绅士风度，那我就表现一下吧。现在这个点不好打车，我送你一程。"

我有点受宠若惊，再三推辞后，邵斌仍然坚持要送，想想能搭一回领导的顺风车也不错，就答应了。邵斌开的是一部黑色的奥迪，车如其人，简直不能再干净了，我问他："你是在哪里读的大学？"

他想了一下，告诉我："帝国理工。"

"什么？英国排名前十的名校啊！"我几乎要晕过去了。羡慕嫉妒恨哪！我的大学也许连上海市的前十都排不上，差距啊！我心里受刺激了。

他温柔地笑笑，安慰我道："其实也不是什么好学校啦，我在里面还不是边打工边混才毕业的。英雄不问出处，学校啊、成绩啊这些东西，基本上毕业三年后就与你的发展完全无关了。"

"但好学校毕竟是进入名企的敲门砖啊。没有过硬的文凭，什么公司都进不去。"

邵斌点点头。一路上，他又给我讲了他们销售部的许多趣事，还有他在英国读书时的往事，顿时我觉得自己跟他的距离拉近了。我在心里猜测着邵斌的级别，照我估计，他怎么也有M1，可能更高，光是帝国理工的牌子砸下来就不得了，最后我总结了四个字送给邵斌：青年才俊。

我与青年才俊的差距就跟我的三流大学与帝国理工之间的差距一样大，遥不可及。

▶ 职场技能·Get ✓

毕业三年以后，学校与成绩就与个人发展无关了，好学校只是进入知名企业的敲门砖。

09 一号楼的"园丁"_

一晃一个星期又过去了，我的"高层路线"执行一段时间后，终于开始起作用了。除了高层，我也经常和几个工程师一起吃午饭，拉拢他们，假意放风说他们领导对萧萧不满，加上她本来就不得人心，久而久之，部门里四处传播起"萧萧工作不上心，上班开小差，经常迟到"等负面评价。

当然，这也是因为萧萧虽然聪明，却还是经验不足，她可能直到最后都没明白，真正把她推入鬼门关的是一件极其简单的事情。

那天下午，刘博赶着飞去北京处理一些项目上的事情，但是机票比较紧张，我们公司的规定是必须提前三天出票，这样才能控制票价，起码也是七折票。像刘博这样的紧急事件不是没有遇到过，对我来说并非难事。

萧萧却有点不乐意了，她说："刘博，不是我不愿意帮你，但你这样做，不符合公司的规定，我不能给你出机票。"

刘博刚开始还耐着性子："萧萧，你看，我也是迫于无奈。客户的事永远是首位的，需要哪位领导特批你告诉我，我自己去打电话。"

"刘博，真的不行，我帮不了你。"萧萧朝我使眼色，希望我能出面附和她，这样对公司行政流程不熟悉的刘博肯定会深信不疑，放弃出差。

可惜这步棋她走错了，积怨已深，我怎么可能帮她呢？我噌地一下从座位上站起来："刘博，你别着急。这样吧，我打个电话问问像你这样的紧急事件应该怎么处理。"说着我就拿起电话拨号，问了下有关部门，得到的答复是首先需要部门领导特批，然后是总裁吴寒签字，之后就可以出票了。

刘博感激地说："小曼，谢谢你啊！就麻烦你帮我走走流程吧，能赶上的话我希望三点多就起飞，客户那里在催呢！"

我说："行行行，没问题，我马上处理！"说完向正在干瞪眼的萧萧做了个鬼脸，不再理她。

拿到老P的审批并不是什么难事，比较困难的是总裁吴寒的签字。吴寒级别特别高，他是中国区唯一级别为 G 的员工，所以要他签字就必须走流程：每天上午，各个部门的助理或秘书把需要签字的文件整理好，在下午统一交到总裁办，由总裁的秘书安排签字。一般是两三天签完，总裁办的秘书再通知各个部门去领取文件。因为总裁经常不在办公室，拖延几天很正常，我们根本没有人敢去催。

现在要立马拿到他的签字似乎有点困难，但是我已经答应了刘博，根本不可能反口，再说萧萧在一边等着看笑话呢，她的眼神像是在说："谁让你爱强出头呢？多管闲事，我看你怎么收场！"

我打开 Outlook[1]，查了下吴总的行程，他今天不是 out of the office，那应该在办公室里。我拿了文件，二话不说，直奔一号楼。我这个人非常冲动，冲动的人做事往往有一股拼劲，靠着这股拼劲，我一口气奔到了一号楼的顶楼八楼——总裁办，相传是 T 公司风水最好的一层楼。

我盯着玻璃门牌上写的"T 公司总裁办"，深呼吸了一口气，心想，这里就是 T 公司最核心的地方了！公司中国区的最高层就全部坐在这里面了。如果我没记错，里面应该坐着有过一面之缘的销售副总 Mike 和他的秘书 Ada、分管财务的美国人 JK 和他的

1　微软办公软件套装的组件之一，可用来收发电子邮件、管理联系人信息、记日记、安排日程、分配任务等。

秘书 Cindy，然后就是他们俩的老板、公司金字塔的塔尖——吴寒，以及他的首席秘书 Phoenix Chan。Phoenix Chan 是香港人，所以姓是 Chan 而不是我们的 Chen。邵斌是公司下属业务部的销售总监，级别并没有 Mike 高，但是他也不归 Mike 管，T 公司的组织架构极其复杂。

　　我刷过门卡，想推门而入，可能是手抖，没有把门刷开，我只好又刷了一次，再推，玻璃门还是纹丝不动。

　　我心想：奇怪，怎么搞的啊？邪门了！我往里张望了下，好像没有人在，座位都是空的。怎么办好呢？没人帮我开门，我只好用力拍打玻璃门，试图引起最里面的人的注意，随便出来一个人帮我开一下这该死的门。

　　我越拍越重："有没有人啊？麻烦帮我开一下门好吗？"

　　可能是老天眷顾，终于有一个老头儿从里面走出来。他穿了件皱巴巴的衬衫，袖子卷了起来，走路带一点外八字。我觉得他很像种地的农民，搞不懂是谁，估计是总裁办管理植物的园丁吧！

　　"老伯，快帮我开门！"我又着急地拍了拍门，示意他动作快点。

　　他看了看我，表情有点疑惑。我看他没有任何动作，不免有点不满，又催他："我有急事，麻烦您给我开开门好吗？"

　　他终于懂了，从里面给我开了门。我马上推开门，急匆匆地跟他道谢："谢谢啊！这门不知道怎么回事，坏了，我的卡怎么刷也刷不开，急死人了！"

　　然后，我凭着直觉冲进最里面那间办公室，看看门牌，上面威武地写着"President office（总裁办公室）"。对了，就是这间！门敞开着，我往里一看，没人！连他的秘书也不在。哦，天哪，今天是怎么回事，签个字怎么就这么难啊？

　　我一下子像泄了气的皮球，招呼那个"园丁"过来："哎，你知道吴总和他秘书去哪儿了吗？今天什么日子呀，找他有急事，却连个人影也看不见，总裁怎么到处乱跑呢？"

　　"你找我有什么事？"那个"园丁"面无表情地问道。

　　我瞪大眼睛，手一抖，吓得把要签字的纸都抖落了。什么？这个老伯就是总裁？开什么玩笑呀！不过，我根本没见过总裁本人，只是凭感觉判断这个穿着朴素的老伯不是总裁……

　　只见"园丁"从容地走进那间总裁办公室，他招呼我："进来吧！"我跟着走了进去。那是一间非常宽敞的办公室，差不多有我老板办公室的三倍大。有一点我猜对了，里面真的有很多植物，就像热带雨林似的，所以我以为他是园丁的想法基本上是正确的呀。好吧，我承认这是我的自我安慰，其实我恨不得马上挖个坑把自己埋了……

　　我乱瞟着墙上的照片，有几张应该是总裁小孩儿的照片，还有一些他得奖的照片，乱七八糟的。我也顾不上仔细看了，在心里为自己的鲁莽感到后悔，想着怎么补救才好。

"说吧，这么急找我什么事？"总裁大人，也就是吴寒在座位上坐了下来，一副退休老头闲云野鹤的架势，见我站着发呆，又说："坐吧，不用拘束。"

"哦，哦，谢谢！"我坐了下来，感觉手脚都有点发抖，"那个……总裁，不好意思，因为我也不认识您，刚才真不知道您就是总裁，再说您和我想象的也不一样啊……您本人如此朴实，我总以为总裁那么大的官儿，肯定穿得特装。"

他忍不住哈哈大笑，说道："你的胆子也太大了，今天总裁办的人都在楼下开会，所以外面那道门锁上了。我回来拿文件，听到你在外面乱敲，才给你开门。"他说到这里，打量了我一下，"你是新来的吧？我们公司的员工都知道这门如果刷卡刷不开，是不能随便进来的。"

我赶紧摆手："对对对，我是新来的，不知者无罪啊。我们部门有张很紧急的机票，今天下午就要飞，需要您签字，我就冲过来了，没想到我的卡刷不开外面的门，所以就……"我语无伦次地说了一通。

他点点头："哦，这样。没事，我给你签吧！"他爽快地在那张申请单上签了字，然后说："下次别再鲁莽了，要有规矩，知道吗？"

"好，一定，一定！谢谢总裁！"我心里想，G level（级别）

的大老板竟然这么平易近人，太难得了！

"哦，你叫什么名字？哪个部门的呀？"

"我叫夏小曼，是三号楼的，我的老板是老 P，出差的人是刘博，他是我们的项目经理，因为客户急着要他过去，所以机票才会这么着急。"

"哦，行，知道了。"他摆摆手，表示我不需要再多解释了。

"那我就先走了啊，谢谢总裁。"我站起来往门口走去。

"哎，等等。"

我诧异地回过头去，只见他笑了笑，问："我穿得真的不像总裁？"

嗯，这个嘛……我的内心在激战，说实话吗？还是说假话？我看看他，决定豁出去："总裁，不瞒您说，我是从奢侈品公司出来的，那里的人呀，上班都穿得特装，动不动就往头上插根鸡毛。您的穿着呢，也不是难看，就是略显朴实，我觉得稍微修饰下就完美啦！"

吴寒很认真地思考了一下，看着我说："嗯，你说得有点道理，回头我让 Phoenix 联系你，你给我重点说说这个外表上的事儿。"

哦，天哪，我可不敢随便指导总裁穿衣服，不过想想，他可能也只是随口一说，很快就会忘了，我就一口答应下来："好的，没问题，随时来找我。"然后我一路小跑，像八百米最后冲刺那样，回到三号楼就给刘博出机票，心里一阵激动，居然完成了不可能完成的任务。

　　接下来的事情一切顺利，刘博看我帮他搞定了机票，很是感激，临走前找了老 P，聊得格外开心。出门的时候，他走过来对我小声说了一句："刚才我跟老板聊过了，关于你的事，老板近期会有新的安排。"

　　我问："新的安排？什么意思？"

　　他示意不便多说："你很快就会知道的。"

━━━━━━━━━━━━━━━▶ 职场技能・Get ✔━┐

　　在职场上，对待小事也不能马虎，真正把人推入鬼门关的，很可能就是小事。

10 惊喜"上位"_

　　果不其然，老 P 很快就找我和萧萧开会。他先是问我们，这段时间一起工作是否有不和谐的地方，让我们在这个会议上提出来。萧萧看看我，我心知肚明，这种时候提什么都是多余，所以打算保持沉默。萧萧见我不打算说，也就不打算挑明了。

　　我们三个人在一种有趣的默契中保持着沉默，老 P 咳嗽一声，说道："你们都没有问题是吗？很好，我有。经过一段时间的观察，我发现平行汇报关系并不适合你们。"

　　我和萧萧都没听明白他的意思，面露不解。他继续说道："我仔细考虑过了，平行汇报关系总是让你们产生矛盾，把任务推来推去，谁也不服谁，既然如此，我就将你们改为上下级汇报关系。萧萧，从今天开始，你不用直接向我汇报了，夏小曼会是你的直接领导，所有问题，你向她汇报，再由她向我汇报，明白吗？"

这下连我都目瞪口呆了，没想到，刘博的暗示竟然是这个意思！

老P见萧萧不说话，严肃地问："萧萧，你有什么意见吗？还是没有听懂我的话？"

这个时候，我觉得老P其实是一个很聪明的德国人，而且关键时刻非常严厉，容不得任何借口。我也转过头看着萧萧，等待她发作。

她一句话也没有说，低着头不吭声，过了几分钟，就在我和老P的耐性快消耗光的时候，她抬起头说："我没有问题。"

"很好，我马上让人事出通告！"

有那么一瞬间，我似乎看到萧萧眼圈红了，声音也有点哽咽。不知怎么搞的，我心里充满了愧疚。虽说这一切都是我安排的，但是多多少少也偏离了我的预期。当初只是想让她配合一些，好好跟我合作，把她划到我下面是我做梦也想不到的事。

但是此刻内疚也没用了，我对自己说，只要萧萧好好听话，大家把事情做好，我是不会为难她的。

不得不说，陆鸣给我出的主意真的很管用，他的高层策略对我战胜萧萧起了决定性作用。我想把这个好消息告诉他，才发现他出差去了，采购经理 Kevin 看到我，说："小曼，你找陆鸣啊？他去长沙出差了，要下个星期才回来！找他有要紧事吗？"

"哦，没事没事，他不在就算了。谢谢 Kevin ！"

Kevin 意味深长地笑了笑，说："你跟我们陆鸣好像关系不错啊。"

我只能尴尬地笑笑，走开了。有的时候解释等于掩饰，遇到这种调侃，保持沉默就行了。

人事通告真的出了，白纸黑字写得很清楚，为考虑员工的长远发展，项目研发部部门秘书正式划给 VP 秘书夏小曼带，由夏小曼负责行政事务的安排，换言之，就是我变成了萧萧的老板。

我的 title（头衔）也从秘书变成了助理，老 P 并没有说为什么，我只能私下打电话去问王安娜。王安娜告诉我，是她暗中帮我跟老 P 提的，T 公司的秘书没有出路，助理则可以慢慢往上爬，所以她建议老 P 把我的 title 改为助理。

我非常感激王安娜，说好改天请她吃饭。挂电话的时候，王安娜有点欲言又止，我追问了几次，她还是没有告诉我发生了什么事。

很快我就知道她的欲言义止是为了什么事情，李佳被 T 公司正式劝退了！她来我们部门告别的时候，很多人都挺伤感的，李佳对我的态度有点冷淡，我感觉很懊恼。她走的时候，我没有忍住，追了出去。

"李佳姐，怎么回事？你对我有什么意见吗？"

李佳看了我一眼，略带鄙夷地说："你怎么还好意思追出来？我本来也不想撕破脸，既然你这么想知道，我就告诉你吧！公司本来给我安排了一个职位，你却向销售总监暗示我可能无法胜任，对吧？夏小曼，没想到，你表面看起来人挺不错的，却这么阴险！我看错你了！"

我目瞪口呆。我明明不是这个意思，那天我跟邵斌说那番话也是出于想要帮她，没想到事情会这样……我满腹委屈，不知道该怎么向李佳解释，最终，我也只能说："不管你信不信，我当初对邵斌说你的工作表现很好，但你不适合人际关系复杂的职位，还是希望他能考虑你的，没想到我的几句话会起到这么大的作用。李佳姐，其实你在 T 公司也做到头了，照我看没有上升空间了，出去闯闯，转换下平台反而更好。我有很多猎头的联系方式，我可以把你推荐过去！"

李佳并没有搭理我，她就这样走了。她的背影很落寞，没有farewell party（告别会），也没有散伙饭，无数个日日夜夜为公司付出的汗水，就在这个背影中消散了。

很早以前，一个前辈对我说过："每一个在岗位上奋斗的人都以为自己是公司不可或缺的一部分，感觉少了自己，公司第二天就要垮掉。结果到最后才发现，公司离了任何人都能照常运行。那些觉得自己非常重要的想法也只是错觉而已。"

前辈还告诉我，在职期间一定要谨慎、低调，做出成绩也要谦虚，因为在大公司里，任何人都是可替代的。谁嚣张，谁就是下一个出局的人。

而李佳虽然踏实肯干，但外企的人际关系学得太差，不得人心，最终也没有好结果。

回到座位以后，一股前所未有的怅然冲击着我，想到李佳姐之前毫无保留地教我，还有她那总是忙碌的背影……我眼眶微热，心里有说不出的酸楚。

再看看萧萧，她竟然在涂指甲油，我一股火冲上脑门："你在干吗？上班时间涂什么指甲油？老板吩咐做的那些报表你都做好了吗？"

萧萧停下手里的动作，侧头看我，丝毫没有惊慌的样子。"夏小曼，"这一次她已经连名带姓地叫我，声音也是前所未有的冷静和残酷，"你真的以为老 P 把我放到你下面，你就是我的老板了吗？"

"谁是老板不重要，重要的是有人在工作时间做无聊的事！"

她笑了："我无聊？我涂一下指甲油碍到你了吗？夏小曼，我真不明白，你为什么老是针对我？你该不会是喜欢陆鸣，所以吃我的醋吧？我告诉你，他呢，的确经常给我发短信，但是我对他没兴趣，你可以放心了。"

我有点怀疑她是不是得了妄想症，我瞪着她，最后还是不想在公司里大吵大闹。我平息了一下火气，就事论事地说："我不想在工作时间与你讨论一些无关紧要的话题，我只想知道交给你的任务你什么时候能做完。"

她吹了吹指甲，慢条斯理地说："哦，我手里还有好多事，大概下星期五吧。"

"下星期五？你需要这么久？这个工作不是几个小时就能做完的吗？有没有搞错？"我的声音大了起来。

"我的工作经验没有你丰富，我做不完啊，如果你等不及的话也可以自己做！"

"你别做梦了，我再给你发个邮件提醒你，下星期一之前你不交给我，后果自负！"说完我就跑了出去，不屑再理她。

今天真是太倒霉了！

还有那个该死的陆鸣，一边给我支着儿，一边却在暗地里勾搭萧萧，真不知道以后还能不能信他的话了！

▶ **职场技能·Get** ✓

在职期间一定要谨慎、低调，做出成绩也要谦虚，因为在大公司里，任何人都是可替代的。谁嚣张，谁就是下一个出局的人。

11 找"帝国理工"兴师问罪 _

心烦意乱之下，我跑到 cafe shop 买咖啡，想顺便在露天平台上透透气，没想到撞见邵斌。真是冤家路窄啊！我三步并作两步冲过去，怒视着他。他刚好抽完手里的烟，看到我有点惊讶，扔掉烟头，装作幽默地问我："夏小曼，真巧呀，你也上来抽烟吗？"

"抽你的头！邵斌，我问你，你为什么要告诉李佳我跟你说的那番话？她被公司劝退了，你知道吗？我今天看到她走，心里很难过，但是她跟我说，如果不是我跟你说那些话，她很可能是不需要走的。"我摆出一副兴师问罪的架势，也不管邵斌是多大的官了。

　　邵斌平静地等我把话说完，点了点头："我确实仔细考虑过你的话，但是小曼，你想过没有，销售助理这个工作李佳真的能胜任吗？这个工作需要接洽客户，与公司领导的秘书沟通，还要协调销售部大大小小的事情，李佳可以吗？"

　　我无话可说。以我对李佳的了解，她去了销售部这样如狼似虎的部门，会被吞噬得连骨头都不剩，下场只会更惨。走，对她来说未必不是一件好事。

　　"可是你也没有必要告诉她我们之间的谈话吧？你完全可以找一个借口，或者说已经有更合适的人选，你为什么要出卖我呢？现在李佳视我为仇人，连话都不跟我说了！"我越想越心酸，眼眶都红了。

　　邵斌笑了："看不出来，你还挺重视友情的啊。咱们来公司上班，是来赚钱的，不是来交朋友的。好吧，念在你是我的烟友，我会联系李佳，把她推荐到我朋友的一个公司去做数据调研专员。那个职位是与数据打交道，不需要什么情商，顺便呢，我会告诉她，这个好机会是夏小姐提供的，满意了吗？火暴的夏小姐，你的眼泪可以擦擦了，别让人看见还以为我欺负你呢！"

　　我破涕为笑，用手背擦了擦眼睛："那你记得去联系啊，成功了告诉我一声。"

　　邵斌点点头，半开玩笑地说："你一个小助理胆子挺大啊，还指挥起我来了，看来我要找你的老板喝茶告状了啊！"

"什么啊，竟然说我是小助理，讨厌！"

"好好好，我错了，夏小姐绝对是研发部第一流的人才，我请你吃饭谢罪吧！"

说实话，这个男人要外表有外表，要才华有才华，他约我吃饭，我是不可能拒绝的。跟他单独吃饭的次数多了，我们之间的关系也变得不一样了，他会经常刻意等我下班送我回家，也常常给我打电话。我从没想过跳槽后还能在 T 公司谈场恋爱，有点措手不及，心底偶尔也会冒出"他是帝国理工的呢，我们之间有差距有差距有差距……"这样的想法，想提醒自己别痴心妄想，不过效果甚微。我开始期待他正式向我表白。

后来的日子又一次证实了对付萧萧不是一件容易的事。她擅长阳奉阴违，所有交给她的任务都石沉大海，等到老 P 来质问的时候，每次都是我背黑锅。到了这一步，我和萧萧的关系可以说已经彻底破裂，不是她死，便是我亡。我暂时还摸不清陆鸣的用意，所以不能再找他帮忙。我偷偷地私下里挖萧萧的底——知己知彼，百战百胜。

萧萧，1988 年 10 月出生，某师范大学本科毕业（后经仔细查证，是师范大学的艺术类专业），英语水平一般，电脑操作一般。父亲为银行职员，母亲是全职太太，家境尚可。据可靠消息，萧萧的前男友是从事珠宝生意的，所以她经常戴着名贵珠宝上班，动辄吹嘘自己戴了价值二三十万的项链，引来不少女同事的反感。

后来萧萧与前男友分手，她自己的说法是对方太忙，没有时间陪她，但真实原因好像是对方家里嫌萧萧太作，不让她进门。虽然豪门梦碎，萧萧还是很快找到了新的对象。但是这次她比较低调，很少提到自己的男朋友，没有人知道她男朋友是做什么的。

工作虽然不是很顺心，但是只要想到可以在公司里见到邵斌，就能苦中作乐了。我总是挑下午的时间去买咖啡，这样就能偶尔撞见他在平台上抽烟。他告诉我，李佳已经顺利地去了新公司，很感谢我。不久，我也收到了李佳的短信，她正式向我道歉，并且约我一起吃饭。

我很为她高兴，也礼貌地回复了短信，送上我的祝福，但是我不打算赴约。人与人的关系有时就是这么奇怪，虽说因为邵斌的关系，李佳误会了我，但误会解开以后，我却没有办法再与她亲近。可能是当时她不分青红皂白的态度伤害了我，令我心生芥蒂，无法消除这道伤痕。邵斌说我太小气，可能吧，但这件事拉近了我跟邵斌的距离，所以说，命运的安排总是非常巧妙的。

从此，我再没有见过李佳。愿她一切都好吧！

我跟邵斌的事情一直没有机会告诉程子琳，刚好陆鸣出差返沪，我告诉他，我打算帮他介绍女朋友，约他和程子琳一起出来吃饭。这当然是假话，我只是打算用美人计把陆鸣的话套出来。

不过，我打电话哀求了程子琳老半天，连中学时我帮她作弊被抓的事情也搬了出来，她才答应我。我考虑了一下，这顿饭肯定得我请，于是选了不算贵的日本居酒屋，在虹梅路老外街的最后，虽然不是什么名店，但相当有特色。

▶ 职场技能 · Get ✓

　　咱们来公司上班，是来赚钱的，不是来交朋友的，切忌感情用事。

12 萧萧的神秘男友 _

那天下起了大雨，好不容易打到车，我和陆鸣也淋了不少雨，到了那里发现程子琳已经在喝清酒了。她坐在吧台边的位子上，正对着厨师。厨师是个日本人，会说中文，长得挺帅。程子琳因为深受奢侈品公司的文化熏陶，穿着打扮非常成熟美艳，黑色V领的套裙，长发微卷，鲜红的口红，指甲油和口红色调相同，一丝不苟。

陆鸣见到程子琳便惊为天人，惊讶地说："你的朋友这么漂亮啊？真没想到！"

我忍不住白他一眼，走过去一把抱住程子琳："子琳，我太想你了！我们有多久没见了啊，你说你说！"

　　程子琳也笑了，她看看我说："夏小曼，自从你去了 T 公司，变土气了嘛！啧啧啧，我都告诉你了，T 公司不适合你。"然后她看了一眼陆鸣，"这位是你同事吧？看上去一表人才啊！"

　　陆鸣递上自己的名片，看到美女，他显得神采奕奕。不过，我从程子琳的眼神中领悟到她对陆鸣兴趣不大，我心中更加确定程子琳瞒着我谈起了恋爱。

　　吧台旁的电视机正在播放日本综艺节目，厨师很认真地为我们烤肉，室内的温暖衬得室外的滂沱大雨特别有情调。

　　"来，敬你一杯！感谢你为我出谋划策！"我端起酒杯向陆鸣敬酒。

　　"呵呵，你的仗还没有完全打赢呢，着什么急？"他意味深长地说道，不过还是把酒喝下去了。

　　"嗯？不是已经赢了吗？萧萧现在向我汇报了呀，她玩不出什么花样了！"我故意装作很轻敌，想看看陆鸣的反应，试探他究竟站在哪一边。

　　"你还太嫩了，完全没有经验！在职场，不是你死，便是我亡，懂吗？哪有灰色地带？你们俩的关系现在等于已经破裂，她根本不会真心服从你。你虽说成了她的领导，但是她不做事，你还是得帮她擦屁股，她做得不好就全是你的责任。"陆鸣停顿了一下，"话糙理不糙啊，别介意。记住，以后你若是找老 P 投诉她，

就会落得一个没有能力管理下属的印象。所以，苦活儿、累活儿
你都得自己背，比以前还惨！"

"看不出来你这么有头脑啊！你才比小曼大两岁吧，比小曼成
熟机智多了，以后你就在 T 公司好好教她。我们家小曼特别单纯，
连一个八八年的小女生都搞不定。"

我有点不高兴，觉得程子琳把我说得太差劲了，但念在她也
是想帮我，所以没作声，自己喝了口闷酒。我问陆鸣："哎，那你
说，我该怎么办啊？"

"呵呵，又要请教我啦？打算怎么谢我？"

"哎哟，不是都请你吃饭了吗？还给你介绍了一个大美女。别
磨蹭，快告诉我！"

"好吧，看在美女的分儿上，我就告诉你吧。其实很简单，所
有分配给萧萧的任务，你都设立一个时间，明确地告诉她，什么
时候必须完成，需要怎样的质量，把你的要求以书面形式通知她，
作为证据。可以适当压迫她，如果她受不了主动辞职，那再好不
过，你再招一个新人。但是千万不要在老 P 面前跟她起冲突，也
不要给外人留下你们不合、你在闹事的印象。"

"哎，我搞不懂了，你不是喜欢萧萧吗？为什么要帮我啊？不
会是无间道吧？"憋了这么久，我总算一吐为快，将心里的疑问说
了出来。程子琳也不再嬉笑，静候陆鸣的回答。

气氛顿时有些紧张……

"谁说我喜欢她了？你自己瞎想的吧？她有男朋友又不是什么秘密！"

"她亲口跟我说的呀，她说你喜欢她，总是给她发信息！"

陆鸣摇摇头，脸色有点难看，他沉默了一会儿，说："我是给她发信息，但我关心她不代表我喜欢她。事到如今，我也不想瞒你了，其实萧萧的男朋友是我们公司的！"

"什么？是谁啊？"我马上把筷子放了下来，眼珠子都快瞪出来了。我死死地盯着陆鸣，心想都到这个地步了，如果他不告诉我，我今晚无论如何也不会放他回家！

可能是我的架势太吓人，陆鸣还算爽快，他说："我也是凑巧撞见的，就是她以前部门的老板啊，现在已经是销售副总了，你不是也见过吗？我还特意帮你介绍过。"

我一口水喷了出来："Mike？"

陆鸣点点头。

我心里七上八下。如果说 Mike 是萧萧的男朋友，那就可以解释她为什么总是一副有恃无恐的样子了。"陆鸣，这 Mike 看上去一把年纪了啊，没有四十也说不过去啊……"

陆鸣掐指一算："啊，是有四十岁了。他跟老婆离婚了，公司有小道消息说是为了萧萧离的，所以房子、车子全留给老婆了，算是净身出户。不过，谁知道是真是假呢。"

"T 公司太乱了！那我肯定斗不过萧萧，她有这么大的靠山，我可怎么办呀？"

"你不是有我帮你指点江山吗？我一直讨好萧萧，其实也是为了接近 Mike。我听说 Mike 有可能从 M3 升到 G level，成为中国区第二个 G level 员工。我对萧萧没兴趣，你以后就别多心了。"说这话的时候，陆鸣挺严肃的，不知怎的，我觉得他说的是肺腑之言，就信了。

回家路上，我和程子琳找了个借口支走了陆鸣。我开门见山地问："子琳，你老实告诉我，你是不是谈恋爱了，但对方有家室不能公开，是吗？"

程子琳本想忽悠我，但她清楚我的个性，我是一定会打破砂锅问到底的，就告诉了我事情的原委。她和集团老板的儿子拍拖了。程子琳在奢侈品公司就职，该公司的控股母公司是香港上市集团，集团老板的儿子是上海分公司的高层。其实公司上下很清楚，他就是集团未来的接班人，所以很多女人都争先恐后地往上冲。但我没想到，程子琳这种脾气的人也会谈这种不切实际的豪门恋。

"你怎么回事啊？这种男人你也敢往上冲？你不是最讨厌巴结有钱人吗？"

"我没有巴结他，一开始我就知道他在香港是有未婚妻的，但是我跟他经常在公司附近的餐厅相遇，有一天大家都喝醉了，就……"

"就什么了？"

"就一起了呗。唉，小曼你别问了，反正你由我去吧。我是真的很爱他，就算最后没有好结果，我也不怪任何人，行了吧？"

我觉得程子琳的想法太不切实际，心里很生气。眼看着自己最好的朋友误入歧途，我却什么也做不了，那种感觉不知道是绝望还是无奈。我点点头："我不问了，那你自己小心点，别陷得太深，知道吗？这种富二代不会对你认真的，你也千万别耽误了自己的工作啊！"

"知道啦，你好烦哪，你跟这个陆鸣关系好像很不错嘛，我觉得有戏！你还是管好自己吧。"

"啊？他？他太现实主义了，我觉得他不适合我。但他教我的一些小计策很管用，我跟他在一起的感觉就像闺密似的，不是男女之间那种激情。"

程子琳说："那你去了Ｔ公司那么久，就没一个喜欢的人？"

"喜欢的人……算是有吧。我一直没机会跟你说，我谈恋爱了，不过那个人一直没有正式跟我表白过，不知道算不算恋爱！"

"什么？没表白过当然不算啦！你怎么这么笨哪？那你不会去套他的话啊？或者施加压力逼他呀！男人嘛，能不负责当然不会负责啦，主要还是看女人懂不懂循序渐进。"

"哦，那我试试看吧。"我似懂非懂地点点头。

▶ **职场技能·Get** ✓

职场充满竞争，要懂得谋划、权衡利弊，如果头脑过于简单，就很容易在竞争中败下阵来。

13 一封警告信 _

　　可能是我命里有好运吧，就在我无力对付"高管的女人"时，一次偶然的契机帮了我。

　　之前说过，老 P 下面的六个 team leader 中，最受宠的是刘博和 Tommy。刘博已经帮过我一次，短期内不可能再出手，而萧萧竟然在工作中犯了一个错误，得罪了 Tommy。德国人和中国人不一样的地方在于：他不可能因为你是女孩子就对你特别照顾，他不可能因为听说你和公司领导有特殊关系就害怕投诉你。所以他直接写了一封邮件投诉萧萧，并且找了我。他的英语非常好，完全不带德国口音，他跟我说他无法接受萧萧犯的错误，希望我能严肃处理，如果我处理不当，他会直接去找老P沟通。

我安抚了他，并且表示自己一定会处理好这个问题。

按照Tommy这种不愿加入家族企业，要来中国独自打拼的性格，肯定是对工作追求完美、一丝不苟的人。对于这种人，如果你抱有"哦，他反正是富二代，上班是来混的"这种念头，我保证你会大跌眼镜。

其实萧萧犯的这个错误也不算太严重，德国那边有个技术核心人物要来，算是支持Tommy的一个研发项目。Tommy很早就让萧萧去准备中方的邀请信，但是萧萧不知道怎么回事，竟然把这件事给忘了。德国那边等啊等啊，一直等到来不及了才来追问，这一问，就找出问题所在了。最后，德国那边的人肯定是来不了了，Tommy的项目一直拖着，那个技术问题没有解决，被客户狂骂。

这件事我斟酌了一下，决定给萧萧一封警告信。

开警告信当然要通过HR才可以，我约了王安娜开会，这次我直截了当地问她："安娜，你坦白告诉我，你是不是早就知道萧萧的男朋友是谁了？"

王安娜的脸上闪过一丝尴尬，她有些欲言又止，但是经不住我再三追问，她点点头："小曼，我当你是自己人，有些话我跟你说，你听过记在心里就行。其实萧萧之前是Mike那边的实习生，后来也不知道怎么就和 Mike 好上了。这事呢，很多部门同事都知道了。风言风语传了一阵子，传啊传的就传到了总裁办。吴总看这事搞得挺难看的，就安排萧萧到你们研发部去做事，也算是给了 Mike 面子。那个萧萧很有手段，之前 Mike 的老婆还来公司闹过，不过最后还是离婚了。"看得出来，王安娜挺同情Mike 的老婆。也是，这两人相差十几岁，又是上下级关系，真恶心。

"那你觉得，这次的事我可以给她警告信吗？"

"小曼，你的老板并不知道这当中的利害关系。你来 T 公司的时间并不长，德国人没有那么快信任你，这个阶段，我建议你还是向老 P 请示一下，看看他的意思，懂吗？"

我觉得王安娜说的句句在理，打算去找老 P 推心置腹地谈一次。

这次谈话关系到我是否可以给萧萧一个下马威，并且让她知难而退，所以谈话内容不能马虎。我选了一个稍微清闲些的下午，整理了思路，把谈话重点全部写了下来。这也是我在 L 公司学会的求生技能之一——如果你要向上级要求什么或者提什么条件，必须先自己梳理好以下几点：

公司/部门为什么要满足你的要求？

如果公司/部门满足了你的要求，你能为公司/部门带来什么？

如果公司/部门不满足你的要求，又将如何？

你过去的工作表现如何？

你对未来的展望是怎样的？

……

这些非常重要，没有哪个老板会傻到你说什么他就答应什么，通常都是博弈，看谁能说服谁。这个时候考验你的只有两点：思路和口才。

我刚巧同时具备了这两点，加上事先准备了很多证据，比如萧萧在平时工作中犯的错误，还有她怠慢我布置的任务，等等。最终老 P 完全被我说服，他跟我说，我们是德国公司，虽然我们给新人机会，我们教他们，但是针对这种直接导致公司名誉受损、项目进度拖延的错误，给一封警告信完全可以。

就在我感觉自己胜券在握的时候，一个可怕的陷阱正等着我……

自从老 P 答应了给萧萧发警告信，我就一直催王安娜准备，但是不知道为什么，越催越慢，最后她竟然连电话也不接了。我觉得莫名其妙，心里七上八下的。

星期五下午，老 P 突然叫我去他办公室开会。我走进去，看到王安娜也坐在里面，她的表情很严肃，就像跟我完全不认识一样。气氛很凝重，我突然有一种不祥的预感……

老 P 看了看我，用眼神示意王安娜来讲。她点了点头，咳嗽一声，说："夏小曼，经过公司的讨论与研究，发往德国的邀请函确实存在失误，导致德国专家无法及时飞到上海支持公司项目，引起客户对我们的不满。经过最后的商议，人事部决定给你发一封警告信，希望你签完字后及时改正错误。"

我瞪大眼睛，差点以为自己的耳朵出毛病了。我签警告信？这个失误跟我有半毛钱关系啊？凭什么要我签？我只感到一股热血冲上脑门，说："最好给我一个解释，这个错误跟我有什么关系？凭什么要我签？"

王安娜的表情很尴尬，她说："你冷静点，我会慢慢跟你解释的，你不要冲动。"

"解释什么？我不是让你给萧萧准备警告信的吗？你在搞什么？"我瞪着她，心里闪过千丝万缕的念头，难道是她出卖了我？

我的声音很大，态度也极其恶劣。老 P 忍不住对我说："冷静一下，别激动……"

王安娜也用眼神示意我不要把局面搞得一发不可收拾，事到如今我已经不再信任她，但是眼下我又能怎么办？老 P 这种冷酷无情的德国人，你能指望他？笑话！我调整了一下自己的情绪，逐渐冷静下来，说："我想知道给我警告信的原因，如果公司不能说服我，我是不会签的。"

我心里非常清楚地知道，警告信是不能随便签的。如果收到人事部发出的警告信，但是你心里不服气，觉得公司没有正当理由，你可以与上级沟通、协商。警告信不能乱签，签了就代表你认了，这是会放进你在公司的档案里的。一个难看的记录就像黑点一样，所以千万不要被人事部吓两下就乖乖地签，一定要问清楚原因，在确实不可挽回的情况下再签。在你确实犯了错、公司没有冤枉你的情况下，还是要签的。因为你不签就会跟老板和 HR 彻底闹僵，你不签就像给他们吃了一只苍蝇，你以后还会有好日子过吗？不可能！

"夏小曼，你是萧萧的直接领导，邀请信的事情你也知道，但是你疏忽了，没有及时完成任务。"

我摇摇头："我不知道邀请函的事，这件事情从头到尾是 Tommy 派给萧萧的，邮件也没有发给我，为什么这个黑锅要我来背呢？"

王安娜把一张 A4 纸递给我，上面是几封邮件来往。她说："你自己看看，一开始 Tommy 确实没有把邮件发给你，但是到了后面，有一封德国那边发来的邮件，催邀请信。Tommy 马上把邮件抄送给了你和萧萧两个人，问你们做完了没有。这个时候你是收到邮件了的，你为什么不督促萧萧？"

我看了那张纸好几遍，是的，最后那封邮件上竟然有我的名字。妈的，我完全想不起来了！好像是有那么一天，我问萧萧："邀请信搞定了吗？"她说："嗯，弄好了。"我就没有再问……

事到如今，我就是跳进黄河也洗不清了。但是就算曾经抄送给我，也不至于判我死刑吧？

在那种情况下，我的脑子完全乱了，谁是好人、谁是坏人根本分不清了。心里有个声音告诉我，千万别去签那张破纸，签了我就死定了。

▶ 职场技能·Get ✔

如果要向上级要求什么或者提什么条件，必须先自己梳理好思路及要点。

14 职场失意，情场得意 _

老 P 可能对我有一丝怜悯之心，看我一副宁死不屈的样子，他说："这次算了，不过以后你工作上要仔细点，不能再马虎了。"我不说话，王安娜连忙帮我打圆场："那警告信的事就算取消了。小曼也是半个新人嘛，来 T 公司还不到半年，再给她一点时间适应。"

出了老 P 办公室，我马上走开。王安娜在后面叫我，我根本不理她。当时我只有一个念头，就是想见邵斌，就像小孩子被人打了，哭了以后第一时间肯定是找最亲近的人撒娇。我直接冲到一号楼，邵斌正在办公室里打电话，他看我直接撞门进去吓了一跳，一脸诧异地看着我。

　　我关上门，在他对面的椅子上坐了下来，邵斌还在打电话，我也没有去听，想到今天所受的委屈，忍不住哭了起来……

　　邵斌抬头看到我哭得很厉害，有点尴尬，他对电话那头的人说："我现在有点急事，晚点我们再讨论这个问题吧。"他挂上电话，递给我几张纸巾，关切地问："怎么了？怎么回事？"

　　我把事情的原委跟他说了一遍，末了我还激动地说："原来王安娜是奸细，亏得我这么信任她，信错人了！"

　　"夏小曼，你先不要这么早下判断嘛，也许事情不是你想的那样呢？"

　　"都把警告信推到我面前了，还有什么理由？"我继续抹眼泪，也顾不上自己是在邵斌的办公室里了。

　　邵斌说："好了，要哭也别在这里哭。走吧，带你去个好地方！"

　　"什么好地方？"我虽然哭得很伤心，但还是被他的提议打动了。

　　他说："去了你就知道了，走吧，去取车。"

　　"还要开车去啊？这么远？那我不是翘班了吗？"

　　"没关系，就一会儿。"

　　我跟着邵斌去了一个像世外桃源的地方，那里有家很不起眼的小咖啡店，叫"Summer's Coffee"。这家咖啡店完全被梧桐树包围了，但是阳光最好的地方有四五张桌子，客人可以坐在室外晒着太阳喝一杯咖啡。我喜欢极了，马上拿出手机拍照。邵斌笑了："这么快就开心啦？"

　　"那当然啦，享受当下最重要嘛！这地方太赞了，你是怎么挖掘到的？"

　　"哦，我以前常来这里抽烟，算是我的秘密基地吧。我可从来没带过别人来这里，你是第一个。"

　　我心里一乐，点了一杯超大杯的热拿铁，吩咐服务生："记得加奶油哦，加超多奶油。"

　　"你不怕胖啊？"邵斌诧异地问我。

　　"不怕，心情不好的时候要对自己好点。"

　　我们坐在室外的座位上。我马上捧起杯子喝了一大口拿铁，可能是沾到了奶油。邵斌伸出手帮我擦了一下嘴角，含笑地说："稍微顾及一下你的形象好吗？一点不像女白领，像一个女疯子。"

　　"啊？什么？"我马上拍掉他的手，我的手却被他抓住了，很久很久，他也没有要松开的意思。时间好像在这一刻停止了。

　　我看着邵斌，有点不知所措。他温柔地说："以后不要轻易掉眼泪，如果你想哭，就约我来这里陪你，好吗？我会在第一时间出现的。"

　　我反应了一会儿，脑子里快速闪过几个问题，最后我抓住了重点，问："这算表白吗？"

　　邵斌似乎被我雷到了，他翻了翻白眼，原来帝国理工出来的人也会翻白眼啊。他说："那就算是吧。"

　　我被幸福冲昏了头脑，情场得意让我把警告信的事忘得一干二净……

第二天邵斌给我发短信，他约我去他抽烟的平台。我兴冲冲地过去了，谁知道看到了王安娜。这个时候走好像不太好，我只能硬着头皮走上前去。

邵斌也来了，他温和地说："你们想喝什么？我去买。"

很明显，邵斌约我出来是为了让我和王安娜的关系破冰。我不忍心破坏他的好意，就主动跟王安娜说话："你说吧，警告信的事是谁搞的？"

"小曼，你别生气了，我一直找不到机会跟你解释。其实原本给萧萧签的警告信我已经准备好了，拿给我的老板 Lisa 签字的时候，她问我为什么要给萧萧签，结果这个信被她截了下来。一开始我也一头雾水，后来才了解到我的老板 Lisa 跟 Mike 是长江商学院的校友，Lisa 是 Mike 介绍进公司的，他这是买的 Mike 的面子。"

我明白了，原来我真的误会了王安娜。我问："就算是这样，也不该把警告信推给我呀！这个又是谁的意思？"

"后来 Lisa 出面找老 P 谈了，她也找了 Tommy，可能最后抓到一点点蛛丝马迹，就拿来当成把柄逼你签警告信，做萧萧的替死鬼。"

事到如今我全明白了，Lisa 知道 Tommy 是不可能善罢甘休的，为了给 Tommy 一个交代，就把我这个没有背景的人推出去。

真是天下乌鸦一般黑啊，连人事总监也是个关系户，我无语了。
王安娜抱歉地说："这次让你受委屈了。我不能得罪我的老板，但
是我保证，这样的事不会再发生了。以后我一定保护好你，为你
据理力争。"

　　说实话，王安娜在让我签警告信的时候很明显是向着我的，
她不事先通报我也是怕我一时冲动把事情捅出去，眼下她这么诚
恳，我找不到理由再去怪她。

　　邵斌回来了，他看我们的表情就知道我们冰释前嫌了。"好
了，你们俩聊完了吧？虽然我不想插手你们女人的纠纷，但事关
Mike，没我的帮忙，你们也搞不定。以后要及时来问我，我做你
们的靠山。"

　　我当下有种甜蜜得快要晕了的感觉，原来做"高管的女人"
真的蛮好的。

▶ **职场技能·Get** ✓

　　遇到事情要保持冷静，不能冲动。冲动可能做错事，也可能
误解真正对自己好的朋友。

步 步 惊 心 ， 步 步 为 营

Chapter *2*

步步惊心，步步为营

/

/

/

　　我知道在工作中遇到难题必须自己解决，而不是等着让同事来教你，不然怎么有人说职场就是一所学校呢，一张白纸必须被染黑才能毕业。

15 丽江之行_

　　一眨眼到了十二月，我总算是把员工调研的事情搞完了。除了一些很小的事情萧萧搭过把手，其余的都是我自己做完的。对T公司来说，十二月有两件大事儿，第一件是部门年度旅游，第二件是公司年会。其实我挺兴奋的，以前在L公司，每次出去旅游，那些人都是直奔商场购物，基本没什么玩的，现在总算可以游山玩水了。

　　由于大家私底下早就讨论过，所以最终的投票结果非常统一——丽江。我没有去过丽江，所以还是蛮开心的。萧萧没有报名，她很平淡地说："我不打算去，所以旅游的组织还有现场的协调只能你来做了。"组织旅游这件事情真的是烫手山芋，难怪萧萧避之不及，每个人都有不同意见，有的要带家属，有的要带朋友，还有带孩子去的。每个人都只为自己考虑，带老婆的嚷嚷着多安排一些自由时间，带朋友的则想多去几个景点，带孩子的反复叮嘱我别安排太累人的行程……

　　其实也没什么，我对萧萧的为人已经很清楚了，她不去也好，省得安排我跟她住一个房间，那才会真正恶心到我。我知道邵斌他们部门去香港，有点小失落，我还挺想跟邵斌一起出去玩的。我们正式拍拖以后，一起看过几场电影、吃过几次饭，但邵斌一直叮嘱我在公司里不要太高调，也不要让公司里的人知道我们的关系，所以他去香港，我自然是不能跟着去的。

　　临行前我接到程子琳的电话，她在电话那头哭个不停，我知道一定是出事了。

　　"小曼，你能来陪我吗？"

　　"我要去丽江了啊，你怎么啦？"

　　她沉默了一会儿，说："我跟太子爷分手了，我已经辞职了。"

　　天哪，这么大的事！我急急忙忙地说："好，你先别急。这样吧，你买张机票过来找我，我带你去丽江散散心。"

　　程子琳答应了。挂上电话，我心里还是七上八下的，还好旅行社给我安排的是单人间，到时候我跟子琳一起住就可以了。上了飞机，陆鸣坐到我旁边，我有点诧异："怎么是你啊？我记得坐我旁边的是刘博呀！”

“怎么？不欢迎我啊？刘博换到我老板边上去了，他俩要搞关系，你懂的。”

“哦，你们采购这次怎么跟我们一起来啦？以前不是嫌我们去的地方不好吗？”采购部的人一直都很挑剔，总是看不起研发部的工程师，听说以前采购部总是脱离研发部单独组织旅游。

今年可能是因为觉得丽江还可以，就跟着去了，我在心里想着，顺便看了陆鸣一眼。他是典型的上海男人，懂得精打细算，和邵斌完全不是一种风格。我对他的感情更像是好朋友，无话不谈，但我跟邵斌的关系不能告诉他，至少现在不能，毕竟我来公司的时间不长，也不确定周围有什么危险。

“对了，之前有次看你从老 P 的办公室出来，脸色特别难看，没事吧？”

“嗯，过去了，没什么。陆鸣，我想拜托你一件事。”

“什么事啊，别吓我，你怎么突然这么严肃？”

“是这样的，子琳可能心情不太好，我让她到丽江来找我，到时候能麻烦你跟我一起陪着她逗她开心吗？”

陆鸣点点头：“好吧，我会的。她怎么了？”

我想了想，反正陆鸣也不是外人，就避重就轻地告诉了他程子琳的事。陆鸣听完后说：“原来她有心上人啊，那你还说介绍给我？你怎么老是找我出谋划策，现在安慰你闺密的事情也要找我帮忙，我有什么好处啊？"

"大哥，你有点爱心好吗？拯救失足少女是大家的事，最多我下次重新给你介绍一个女孩子。"

"我要一米七、腿长、皮肤白的。"

"成交！"

飞机飞了两个小时后，我激动地喊了起来："陆鸣，快看，雪山！"

"别大惊小怪好不好？那是玉龙雪山，丽江很有名的一个景点，行程里好像没有安排这个，因为海拔太高，很多人爬到上面后会缺氧。"

"好可惜哦，我很想去欸。"

陆鸣哼了一声："那你自己去爬，我可不会陪你去送死，累也累死了。"

我瞪了他一眼，就不再跟他说话了。

到了丽江就有地陪来接待我们。地陪安排我们住进古镇的几家客栈，因为我们人太多，只能分散开住。我住的那家客栈叫"娜里客栈"，老板娘是大理白族女子，原本在深圳打拼，最后还是舍不得云南这方土地，辞职回了故里，在大理和丽江都开了客栈，生意红火。陆鸣住在我隔壁的客栈，他想换过来，但是因为采购部的人都在隔壁那家，最后只好作罢。

程子琳很晚才到，我们一伙人已经吃完了地陪安排的土鸡腊

排骨火锅，正准备移步去古镇的酒吧街。我和陆鸣等在古镇门口
接程子琳。

　　放完行李，我们三个人沿着街道一路往酒吧街走去。程子琳
穿着高跟鞋，在这种高低不平的石板路上没法走，于是我们用蜗
牛一样的速度往前走着。看到一群人蹲在路边哼歌，其中一个人
抱了一只大白狗。程子琳来劲了，跟着一起哼，没多久干脆也蹲
到地上，跟着一起唱。我和陆鸣对视了一眼，知道程子琳心里有
委屈，所以由着她去。

　　伴随着吉他声，他们一伙人唱起了 Beyond 的《海阔天空》：

　　　　　　今天我　寒夜里看雪飘过

　　　　　　怀着冷却了的心窝漂远方

　　　　　　风雨里追赶　雾里分不清影踪

　　　　　　天空海阔你与我　可会变

　　　　　　多少次　迎着冷眼与嘲笑

　　　　　　从没有放弃过心中的理想

　　　　　　一刹那恍惚　若有所失的感觉

　　　　　　不知不觉已变淡　心里爱

　　我看着眼前这一幕，想到自己在 T 公司受到的委屈，百感交

集。我跟程子琳是那么多年的同学、最好的朋友，眼看着她受委屈却什么也做不了，而我自己受到不公平待遇也无可奈何。这就是生活吗？这就是大学毕业后我们需要向社会做出的妥协吗？此时此刻，我的心沉到了谷底。

▶ 职场技能·Get ✓

在职场上，即便是好朋友，也不能轻易地把自己的秘密告诉对方。

16 童年往事 _

　　程子琳眼中有泪，我把她从地上拉起来，豪气冲天地说："走，陪你喝酒去！咱不难过！"

　　说是这么说，我跟陆鸣陪着她喝了整整三个小时，几乎快要累瘫了，连那些酒托也开始劝我们回去。到了这一步，事情的大概我们总算听明白了，反正就是太子爷告诉她，不可能跟家里安排的结婚对象分手，问她愿不愿意不计较名分做小三。

　　程子琳虽然一早就知道他们没有结局，但是这么直接地剥去包裹着毒药的糖衣令她措手不及，她反问他为何不能舍弃家族的给予而选择爱情。结果太子爷说她幼稚，两人分手了。

　　程子琳的上司是个明白人，种种刁难后，暗示她自己辞职，来不及找后路的程子琳只匆匆拿了些自己的物品就离开了。

　　这个故事并不复杂，我一早就劝过她，不要玩火。

　　最后靠着陆鸣力气大把她一路拽回了客栈，我感激地看着陆鸣，也有点抱歉，把他搞得这么累。陆鸣好像看穿了我心里的想法，说："别，不用谢，我自己也想喝酒。不早了，我回去睡觉了。"

　　"那你小心点。"

　　程子琳躺在床上又哭又笑，不知道在胡言乱语些什么，一会儿又爬起来跑到厕所去吐。我根本不知道应该怎么对付喝醉酒的女人，烧开水给她喂了几口绿茶，希望她好受些。

　　她问我："小曼，你说上天安排我们认识，是不是因为我俩命最苦？"

　　我摇摇头，她继续说："你没爸爸，我没妈妈，我们真是一对苦命姐妹花啊……"

　　"好啦，快睡觉吧，别乱想了啊，睡醒就没事了。"好不容易哄她睡着了，我看着天花板，不由得想起很多往事……

　　我跟程子琳是高中同学，我认识她的时候，她是一个意气风发的少女。爸爸是建筑师，妈妈是银行职员，在我们高中那会儿，她家里这条件算是拔尖的。所以她总是很大方，常常带一些进口零食分给同学们吃。有的同学心眼很坏，吃了她的零食，却在背地里说她坏话，比如说她老用吃的东西贿赂同学，也有人说她炫耀自己家里有钱。我听到过很多不同的版本。但是那些人还是不停地去拿她的东西吃，唯独我不。我一次也没有拿过，我从小就是一个自尊心超强的人。我读小学的时候，我爸跟人打架，一时冲动拿刀把人砍了，逃回家里，家里人知道出事了。因为我爸是独子，爷爷奶奶还有我妈就把我爸藏在衣橱里，不让他被警察带走。

　　那会儿我虽然年纪小，却记得很多细节，比如我妈吩咐我："曼曼，一会儿警察叔叔来了，千万别说你见过爸爸，知道吗？他们要是问起你，你就说你什么也不知道。"

　　我点点头，没有问妈妈，爸爸为什么要躲在衣橱里，只是隐约感觉到家里出大事了，以后再也见不到爸爸了。那晚警察没有找上门来，妈妈搂着我，我很快进入了梦乡，梦里爸爸妈妈还带我去公园玩，我大声地笑着……

　　早上醒来看到妈妈在哭，我问怎么了。

　　妈妈说："曼曼，爸爸出远门了，可能要很久才能回来。"

　　我不信，奔到衣橱旁边，拉开门，里面空空的，隐约还能闻到空气里爸爸身上的烟草味儿。我伸出手去摸了几遍，才相信爸爸是真的走了。

　　中午，警察来家里找人。问我妈，她说没见过我爸；问爷爷奶奶，爷爷奶奶说他们年纪大了，很早就睡了；最后问我，我妈马上就紧张了，攥着我的手直发抖，脸色也发青了。我不笨，说好长时间没见过爸爸了，还问警察叔叔，爸爸去哪里了。

警察摸摸我的头，什么也没说就离开了。

后来长大了我也知道了，我爸当时逃到外地去了，想避一避风头。被他砍了的那个人躺在医院里，伤得挺重，所以我爸一时半会儿回不了上海。结果他这一走就再也没回来。从我小学起，家里就少了一个人。记忆里，爸爸的温暖越来越淡薄，我不再想起爸爸的好，似乎曾经有一回，下着暴雨，爸爸骑着自行车送我去上课，最后自行车的轮胎卡在了石头缝里，我和爸爸都从自行车上摔了下来，爸爸用手扶着我，死命撑着，没让我掉进水里。

除了这件事，别的我真的想不起来了。似乎连一颗糖果，爸爸也没给我买过。

所以后来我也习惯了，变得独立，考上了重点高中，和程子琳是同班同学。刚开始时我不喜欢她，不知道是羡慕她还是什么原因，我看到过她父母一起来接她放学的画面，心里很难受。她的那些糖果和巧克力我从来不吃，有一回她特意抓了一把给我，说："给你！"

我摇摇头拒绝了："谢谢，我不爱吃零食。"

程子琳笑了："女孩子没有不吃零食的啊，你吃嘛！"

我推开她，说："真不要。"

她无奈地走开了。其实我也有好几次想提醒她注意身边的人，尤其是那些在背后说她坏话的人，但是我觉得反正也不关我的事，就作罢了。直到高二下半学期，程子琳开始经常请假，就算来上课脸色也很难看，匆匆地来，匆匆地走，她那些精致的零食也跟着不见了。

后来我们终于知道了，她妈妈挪用了一笔公款跑了，连带把家里的存款、现金、首饰也一起卷走了。听起来是天方夜谭，但这确实是真实的故事。

过了很久，程子琳又回来上课了。她还是一如既往地拿很多吃的东西想分给大家，有些人去拿，马上就说："哎呀，这零食不是进口的，很便宜的。"

很多人都没有要，一副嫌弃的样子。我很生气，不知道怎么回事，我跑去抓了一大把，说："程子琳，以后你不用带零食给这帮人吃，他们吃了也会在背后说你坏话。以后你的零食通通带来给我吃，我一个人吃。"

程子琳没有说话。那天放学后，她站在校门口等我，夕阳把她瘦小的影子拉得长长的。看到我，她伸出手，手心里是几颗紫色的巧克力。她说："小曼，留给你的，最后几个了。今天我带来的零食全都是我去小店买的，家里没钱了，以后爸爸也不会再给我钱了。"

我说："你留着吧，我不要。你的事情我都知道了，以后别再乱花钱了。"

她没有哭，反而笑了。她点点头，坚强地说："嗯，我听你的，以后我再也不带零食给同学们了，我不需要他们。原来我最好的朋友，就在这里呀。"

我的眼圈有点红。自那以后，程子琳成了我唯一的死党，我们俩有点相依为命的感觉。

▶ 职场技能·Get ✓

靠关系而在职场中顺风顺水的人，往往会因为关系的断裂而一下子被打入地狱。爬得越高，摔得越惨。

17 玉龙雪山，海拔 4571 米 [1]

那天晚上我做了无数个梦，像《盗梦空间》一样进入了死循环。

第二天早上我跟程子琳都起不来，阳光透过窗户射进房间，我们赖在床上聊天，我问她："好点了吗？"

"没事了，像大病初愈的人，现在我只想喝碗热粥。"

我笑了，坐起来敲她的头："你想得美！姐姐，我陪了你一晚，该你做点贡献了，赶紧去给我买早餐。"

这个时候传来一阵敲门声，是陆鸣："起来了没有？我给你们

---

1 玉龙雪山海拔为 5596 米，4571 米是女主人公夏小曼一行人到达的地方。

送点吃的。"

我赶紧爬起来去给他开门，胡乱套了件外套，拉开门我发现他一脸憔悴，衣服也没有换过。我说："你怎么像没有回去过客栈一样？啧啧啧，憔悴得要死，像吸毒的。"

陆鸣打了个大大的哈欠："嗯，是没有回去。昨晚我敲了老半天门，里面一点反应也没有，我猜冯 Sir 睡着了，不好意思吵醒他。"

"啊？那你睡哪儿啊？"

"我可爽了，在客栈一楼找了个休息的地儿，看看书，眯了会儿。后来来了个睡不着的老头找我聊天，我们聊到早上了！"

我知道他肯定很累，这么说是为了安慰我们。我说："不好意思啊，昨晚拖累你了，要不今天的泸沽湖咱们不去了吧，怪累的。"

陆鸣看着我，一本正经地说："你不是想去爬雪山吗？换件羽绒服，吃完早点出发吧，今天我们几个单独玩。"

程子琳说："要紧吗？这样会不会耽误你们？"

我想了想，老 P 有那群拍马屁的人哄着应该没事，一会儿我给刘博发条短信，让他帮我照应着点，估计可以。反正地陪全程跟着，我和他们几个去爬雪山，晚上再跟领导们应酬，不会出问题的。

陆鸣看我不作声，知道我是同意了，他说："好了啊，那你们快吃，吃完收拾下，我先回去洗个澡，换身衣服。你们记得都穿暖和一点，山上很冷。"

我跟程子琳都穿上了羽绒服，把自己包裹得很严实。两个小时后，我们就浩浩荡荡地出发了。陆鸣把冯 Sir 也带来了，他给我们介绍："这位是冯李仁，我们都叫他冯 Sir，他也是采购，刚来没多久。"

程子琳笑着说："是不是你妈妈姓李，所以把'李'字加进你的名字了呀？"

"哎，你怎么知道？还真是。"

我也忍不住笑了："那你为什么叫冯 Sir 呢？"

"因为我爱看港剧，特别迷警匪片，所以我喜欢他们叫我冯Sir！"

这人真逗，我之前没见过他，这是第一次见。

我们几个人包了辆黑车，四个人一共六百块，有点小贵，但是一路上说说笑笑，再加上沿途风景非常美，大家很快就进入了旅游亢奋状态。

经过一段山路的时候，冯李仁特别严肃地说："好了，都别闹了啊，我给你们讲个故事。"

我们几个忍住笑，都催他："快说，快说！"

他故弄玄虚地示意我们安静，咳嗽几声后说起了那个故事："在 2009 年的时候，有一群人想要从青海省的玉树开车到西宁去，途中必须翻越阿尼玛卿雪山。他们当时开的是农用车，主要也是为了运点蔬菜进城。没想到半路上车出了故障，没法开了，这群人就被困在了半道上。当时没什么人用得起好手机，没有信号，打不了电话，等啊等啊，也没有车经过。"

"然后呢？"我聚精会神地听着，连呼吸都屏住了。冯李仁用眼角扫了我一眼，他没有往下说。程子琳也等得急了，用手推他："快说啊，然后呢？"

这家伙觉得铺垫得差不多了，又接着往下说："后来啊，天就黑了，车就停在那里。最后，天亮的时候，大家发现车上的六个人全部被狼吃了，只剩下六副骨架。"

"哟！太可怕了！"我跟程子琳都尖叫起来，那个开车的司机也忍不住瞪着我们。他说："好了好了，恐怖故事别再说了，再说把你们搁这儿。"

"哎，千万不要啊！我们不说话了！"我赶紧求饶。我们几个不敢再闹腾，看着沿路的蓝天白云，没过多久就到山脚了。

冯李仁心还是比较细的，他买了两个氧气瓶给我们，说："拿着，一会儿能用上！"

我跟程子琳其实都不怎么想背这么重的瓶子上去，但是想想海拔高了没准真的需要，就接过来了。坐索道上山的时候一点也不累，但是之后爬山就靠自己两条腿了。我爬到半道就明显感觉到自己不行了，呼吸也困难起来，头很晕，视线都开始模糊了。可能是潜意识感觉到害怕了，我停了下来，打开氧气瓶吸了一口，在原地休息了一阵子才缓过劲儿来。

其他人并没有等我，可能是高原反应不明显，也有可能是体力好。我拿出手机想联系他们，发现一个未接来电，是邵斌。

我给他打了回去，没响两声他就接了，他的声音听上去很爽朗，在海拔 4571 米的玉龙雪山上听起来更加舒服。

"小曼，你好吗？在丽江玩得开心吗？自己注意安全哦。"邵斌是一个事无巨细的人，比如他一早就把丽江的旅游攻略发到了我的邮箱，也给我买了一些乱七八糟的药，有备无患。

"啊，挺好的呀，在爬雪山呢。你呢，在香港玩得怎么样？"

"唉，香港就那样，很拥挤，我不怎么喜欢，不过下次可以陪你去。对了，打给你是想告诉你，这次 Mike 也跟着我们来香港了，不过很多集体活动他都没参加。昨晚我在马路上抽烟的时候看到他跟一个女孩子勾肩搭背的，我没看清，但是背影有点像你们部门那个萧萧。"

"什么？我晕！她不参加自己部门的旅游，居然还翘班去香港约会，胆子也太大了吧？"

"那你需要我再帮你看看吗？不过他们很低调，白天 Mike 都是自己一个人出来，我没法肯定那个女孩子是萧萧。"邵斌是一个冷静的人，他稍微思考了下就想出了办法，"这样吧，我打个电话给安娜，让她把这几天的考勤记录调出来，回头我发给你，就可以证明萧萧没有去上班，至于她是不是去了香港，那就不用管了。"

"好的，那就靠你了，爱死你了。"我豪爽地说，又继续往上爬，不过一激动，马上就感觉呼吸又不对劲儿了，我深呼吸一口气，说："哎，我得挂了，这里海拔太高，不能多说话。"

"没事吧你？要是觉得不舒服，就别逞强，自己小心点。哦，对了，我给你买了一件礼物。"

"是什么礼物……"话还没说完，我就从台阶上滑了下去……

> ▶ 职场技能·Get ✔
>
> 任何时候都需要保持冷静理性，有了证据后再采取行动。

18 职场潜规则 _

睁开眼睛，我看到一个男人，是陆鸣。他正怒气冲冲地说着什么，而我躺在一张白色的小床上。哦，我想起来了，我从雪山的台阶上滑下去了。

陆鸣瞪着我，说："夏小姐，爬个雪山你能从台阶上滑下去，也真是前无古人后无来者啊！"

这时程子琳推门进来，一看我醒了，她开心得不行："哎呀，你总算醒了，吓死我们了。你怎么会在台阶上跌倒呢？你就往下摔了几级台阶，刚好有个平台，正常人不会有事的呀，你怎么就晕过去了呢？围了好多好多游客，我们从上面走下来的时候还以为来了什么明星呢，走近一看，竟然是你躺在地上……"

竟然这么丢脸！

我支支吾吾地说："不好意思，请问你们是谁啊？我……我可能失忆了。"

大家脸色都变了，陆鸣冷笑一声："失忆？我们准备坐索道回去了，要不你在这里多躺几天，等你想起来了再下去，如何？"

"你有病啊？突然这么凶。都怪你们几个不等我。我本来就有高原反应，缺氧了，滑倒了晕过去不是很正常吗？你们不关心我也就算了，还这么凶。"

程子琳赶紧打圆场："啊，不是呀，别吵了。陆鸣也是担心你，是他背的你哦，他说你很重啊，背得他手都快断了……"

冯 Sir 也说："对哦，背着你爬下来真的不容易啊，你们就别吵来吵去了。小曼，你有没有觉得头晕什么的？刚才医生过来看过了，说你没有什么事情，醒了就可以走了。"

陆鸣丢过来一部手机，他说："你的手机一直在响，难怪会摔下去，原来爬山还在打电话！"

我看了下，有三十三个未接来电，都是邵斌，他肯定以为我出事了。我按下通话键，想跟他报个平安，陆鸣说："我已经帮你接了，他说找你有点公事，晚点再联系你，让你好好休息。"

我心里有点失落，不过想想，他可能也是碍于陆鸣接了我的电话，不想暴露我们的关系，才故意用公事化的口气说话。

　　程子琳递给我一杯热茶："红茶加牛奶，你不是喜欢喝奶茶吗，我给你冲的，快喝吧！"

　　我吐吐舌头："还是你最好！"

　　原来他们把我送到了山上的医务室，医务室就在坐索道上来的地方，因为医生说我没什么事，先不用着急送医院，他们就一直在等我醒来。现在也差不多五点了，再不去赶最后一班索道，今晚就要睡山上了！于是大家也不再啰唆，急急忙忙地下了山。

　　那天晚上，按照行程是所有人去KTV集合，我们吃了晚饭也过去了。我怎么说也是组织者，一天都不露面肯定不合适。我们到的时候，老P搂着刘博和Tommy已经唱了起来，他们点了一首不知道是什么的外语歌，难听得要死。我用手捂住耳朵，有一种想马上逃跑的冲动。陆鸣拉住我的手，说："你想死啊？赶紧把手放下来，拿杯酒过去敬他们，等他们唱完你就鼓掌！"

　　"鼓掌？大家都会鼓掌的，也不差我一个啊。"

　　"夏小曼，这种场合就是该你发挥的时候，你以为年底升职加薪靠的是工作表现？狗屁！靠的是你在非工作场合的情商！"

　　"我不懂。"

　　陆鸣鄙视地看我一眼，他又说道："你别管那么多。一会儿你就借着介绍程子琳的机会去跟老P聊聊天，你跟程子琳陪他唱几首外语歌，再敬他几杯酒，任务就算完成了一半。在这种场合，你要记住自己的身份。首先，你不能自己玩，只顾自己唱中文歌；

其次，你不能让别人只顾自己玩，你要号召大家陪老板玩。总之就是要把老板哄开心，让他度过一个难忘的夜晚，那么过了今天，你的工作就算完成了一大半。组织旅游的工作，老 P 肯定给你好评，以后给你考评的时候，分数只会上，不会下，懂了吗？"

我似懂非懂地点点头，正好一曲结束，我拉着程子琳过去跟老 P 应酬。果不其然，老 P 听到我们要跟他合唱高兴得不得了，平时非常严肃的他还像小孩子一样跳起了舞。老外确实是这样的，工作中严肃，生活里随意。

我们一连陪着老 P 唱了五首英文歌，我会的英文歌基本上都唱完了，赶紧找个机会把话筒递给其他人，示意那帮老实巴交的工程师别只顾自己玩手机。几个 team leader 也还算聪明，接过话筒，点了几首经典英文老歌。

刘博端着一杯酒过来，我马上跟老 P 说："哎呀，在研发部里，最辛苦的就是刘博，老板，您该敬刘博一杯。"

老 P 已经分不清东南西北，拿了酒就搂着刘博说："这个是我们部门的二把手，没有他，就没有我们部门！"刘博则谦虚地笑笑，朝我竖起大拇指。

两人喝了几杯酒，顺便聊了几句工作。我没有听清楚，好像是刘博在诉苦，说手下的人手不够，又说采购部的人不大配合项目进度，希望老 P 出面调解一下。隐约间，我听到老 P 同意了。

接着他们就一起去找采购经理 Kevin，也就是我的军师的老板喝酒。Kevin 自然不会自己一个人接招，他马上招手叫陆鸣过去一起对付老 P 和刘博。远看这四个人你敬我一杯、我回你一瓶，场景还挺其乐融融……

我想起萧萧的事，决定给王安娜发一条短信，刚拿起手机就被另外几个 team leader 拉去喝酒。这次研发部年度旅游，Tommy、韩国人、法国人都来了。我真的非常讨厌那个色眯眯的韩国人，所以不太愿意搭理他。至于 Tommy，我心里总有个结，觉得上次警告信的事他很不够义气，间接害了我。但是 Tommy 似乎已经忘了这件事，他还破天荒地跟我拉了几句家常，表扬我旅游组织得很好，直觉告诉我，他真正想说的并不是这些乱七八糟的东西。果然，等周围的人少了他才告诉我，韩国人因为家庭原因，夫妻分居太久，三个孩子没人照顾，决定提前结束中国的工作回韩国去，老 P 也批了。韩国人带的那个组因为一直没有什么好的项目，早就徘徊在冷宫，这次他回国，老 P 打算把他的组和法国人带的组合并，要么再招一个新的 team leader，放在法国人上面去领导这个大组；要么就老 P 自己带；或者提拔法国人，让他带。

Tommy 说到这里诡异地笑了："刘博虽然在 T 公司很有地位，但他毕竟是个中国人，我们德国人在德国公司肯定是抱成团的，法国人也一样不会有出路。小曼，你是一个聪明的女孩子，你觉得我去管理法国人和韩国人的团队好不好呢？"

　　我望着他，这才发现面前这个年轻英俊的德国男人深不可测，他的心机甚至可能超过了陆鸣。Tommy看我没有反应，就凑了过来，捏了一下我的脸，贴着我的耳朵对我说："小可爱，我在中国是没有妻子的，你跟我一起，等我升上去了，就问老P把你要过来，给你最理想的职位和薪水，你还可以住我租的房子……"

　　说实话，我非常想扇他两耳光，但是扇了他，我在T公司也算完了……我这人在关键时刻往往会变得聪明起来。我推开他，忍住恶心说："我现在被萧萧欺负了，没心思想这些事情，你还是帮我想想怎么处理她吧，你的建议我会考虑的。"说完我马上就奔到厕所去吐了……到了这一刻，我才真正明白T公司的复杂是不亚于奢侈品公司的。我自以为混过L公司就所向披靡了，哪知其实这里才是一个豺狼虎豹的圈子，水有多深，一时间无法判断。

> ▶ 职场技能·Get ✔
>
> 有的时候，在非工作场合的情商比工作表现更重要。

19 核心人物的合理使用 _

　　回到上海后，我马上联系王安娜调出了萧萧的考勤记录。因为邵斌之前就打过电话，所以王安娜很配合，她知道我们要查的是什么。

　　果不其然，12月7号、8号、9号这三天，萧萧根本没有来上班！她趁着整个部门外出，想瞒天过海呢！眼下证据在手，把她赶走基本上没有什么问题了。我想找邵斌商量一下，但是打他电话一直没人接，我只好自己做决定。心里一直有个声音告诉我要冷静，上一次警告信的教训犹在，我绝对不能再冲动行事了。我跟萧萧的关系很敏感，由我出面去揭发她，很可能最终被她反咬一口，老 P 会认为是我在挑拨离间。

就这样举棋不定，整个上午我都没心思工作。中午吃饭的时候在食堂遇到刘博，他还是那么儒雅，整天都是笑眯眯的，只有在项目出现问题的时候才会爆发出恐怖的怒气。平时他对谁都差不多，基本上看不出他在想什么。我以前也打听过刘博的经历，他好像是苏州人，学习一直很好，最后去德国留学读了博士，拿了德国身份证，留在那里工作。后来因为父母年纪大了需要照顾，他才签了 T 公司回国发展。因为刘博在德国就跟老 P 认识，他的德语也完全没问题，所以我认为，在研发部，他是一个核心人物。

如果要说还有谁比刘博更有地位，那就是 Tommy 了。

"小曼，怎么啦？有什么心事啊？一副愁眉苦脸的样子。"刘博招呼我过去坐下。

"哦，没事啊，只是在发呆。"我们坐在了窗户旁边的位子上，还算安静。

刘博眯起他的小眼睛，朝我面前的餐盘扫了一眼，他指了指餐盘："还说没心事，你看你，只拿了一份沙拉、一碗汤，连主食都忘记拿了！"

我这才发现自己心神不定，忘记拿主食了，有点不好意思地笑笑："刘博，被你看穿了。其实你也算是半个自己人，一直以来你很照顾我，告诉你也没关系。"

　　刘博朝我点点头,他往四周看了一下,确定没有什么相关的人后示意我说下去。

　　于是我把萧萧工作上的一些问题以及未来的隐患大致说了一遍,讲述的时候尽量保持平静,不带个人感情色彩,同时我也提到萧萧的存在对刘博有一定的阻碍。当然,我并没有提到她和Mike 的关系,虽然我不知道刘博的消息究竟灵不灵通——这种八卦从我的嘴巴里说出来总归不好,再说了,谁知道刘博和 Mike 认不认识、有没有私交。不说,总归是保险的。

　　刘博本来就因为上次的订机票事件对萧萧很不满,再加上眼前也知道了韩国人要回国的消息,他似乎也想掺一脚去抢那个位置,拉拢一个老板身边的人,对他来说没什么坏处。

　　最后我把手里的王牌——萧萧的考勤记录抛了出来,定一定神,说:"刘博,虽然我进 T 公司的时间不长,但是我跟很多领导的关系也算不错。这次萧萧趁着部门年度旅游私自旷工,证据确凿,只差一个人点醒老 P。老板一直很重视你,我认为这个任务交给你最合适啦!"

　　刘博也是混迹江湖多年的人,他已经清楚地掌握了整件事的利害关系,他点点头,说:"好了,小曼,这个忙我帮,不过我也有一件事需要你帮我做。"

　　"你说。"这个时候我已经乐坏了,无论他交给我什么难题,上刀山、下火海我也会完成的。

"我这个项目眼下进度跟不上，客户那里很不满，我缺人手。等弄走萧萧后，你肯定会再招一个人，我希望那个人可以帮我做一些杂事，哦，不是，应该说是帮我们组做一些杂事，可以吗？"

"成交。"我朝他伸出手，刘博握了一下，这件事就算是谈妥了。刘博是个讲信用的人，没多久他就约了老P开会，我知道他一定会完成任务。

我抽空给邵斌打电话。我从丽江回来以后，他竟然没找过我，我觉得奇怪，原本想赌气不去找他，但毕竟很想他，只好没出息了。女人在职场里再强势，在感情中也只能处于下风，这是千百年来亘古不变的事实。

"喂？"邵斌的声音听起来很正常。

"是我。"简单的两个字已经能够折射出我们不同寻常的关系。

"哦，你回来啦？没事了吧？"邵斌的声音并不如我预期的那么热情。不知道为什么，我隐约觉得他有些冷淡，正当我不知所措的时候，他说："今晚有空吗？一起吃个饭吧。"

我立刻高兴起来，在心里安慰自己，一定是我多想了，一定是。这时，老P办公室的门突然打开，我赶紧挂了电话，心扑通扑通狂跳，又不敢直接看他们，怕太明显。

与在丽江的时候不同，此时的老P非常严肃，他的表情又恢复到了工作状态。他声如洪钟地说："夏小曼，你到我的办公室来一下。"

于是我怀着忐忑不安的心情走进了老 P 的办公室，他提醒道："把门关上吧！"

坐下来后，老 P 开门见山地问我："小曼，经过了五个多月的观察，我觉得你的工作表现还不错，我挺满意的。但公司的管理出了漏洞，有些员工必须离开公司，如果现在把萧萧调走的话，现在的工作量，你一个人能承担吗？"

这个……眼下的情况并不容许我深思熟虑，稍微盘算了下，我答："经过在 T 公司的五个多月，我把目前我们部门的行政工作划分成了几个板块，主要就是您的事情、几个 team leader 的事情以及部门的正常运作支持。眼下虽说是由两个人做，但实际上我并没有感觉到与一个人做有多大差别。与其花费大把的钱雇一个不务正业的正式员工，不如取消这个人头，改由实习生来做，这样既能减轻公司负担，又有效率。我会直接管理这个实习生，如果他不能完成自己的工作，我们可以马上替换掉他，流程又不像正式员工那样复杂，如何？"

我的话就像一颗子弹击中了老 P 的心脏，他根本找不到理由反驳。我估摸着刘博已经把萧萧旷工的事情跟他说了，所以心里也有七八成把握。

老 P 点了点头，他那深邃的蓝眼睛惋惜地朝落地窗外的萧萧看去。萧萧正在跟一个同事聊天，笑得非常开心。从远处看，她的脖子上似乎戴着一条钻石项链，闪闪发光。我相信她不是一个很坏的人，换作别处，假如说我跟她不是在工作场合认识，也许还能成为朋友，但我们都不是来职场交朋友的，"不是你死，便是我亡"的游戏规则像紧箍咒一样提醒着我不要心软、不要心软。

　　那天我原本是要把萧萧被老 P 踢出局的好消息分享给邵斌的，但他竟然放了我鸽子，也没有打一个电话，只是在快下班的时候给我发了条短信，说临时有事，不能见我了。我的心里一阵失落，回想起前段时间跟他缠绵悱恻的二人世界，居然异常怀念，难道职场得意了就要情场失意吗？

➤ **职场技能·Get** ✓

　　在职场中，要注意培养"自己人"，与关键人物建立联系，在适当的时候让适当的人替自己说话，不要凡事亲力亲为。

20 萧萧的结局 _

当命运的齿轮开始转动时，每个人都不得不被驱赶着向前，环环相扣，没有人可以使它停下。我要到很久以后才明白，假如当时留着萧萧，也不一定是件坏事。她无心工作，这样的人虽没有帮助，但至少无害……

其实，我做的每一个决定、说的每一句话都直接影响着我的未来。

将萧萧赶走，从某种意义上来说是成功，但世间万物皆有关联，又互为因果，最终我也遇到了未曾想过的磨难。不过这些都是后话了。

　　王安娜没多久就召唤萧萧进密室谈话了，结果可想而知，给了她两个选择，要么卷铺盖走人，要么转到 T 公司附属的一个公司去做助理。那个位子听说很差，工资少，做的事情低级，老板也相当难伺候。萧萧不是傻子，既然她跟 Mike 好了，不如趁此机会离开，拿了三个月的工资，她也算爽快地签了离职信。

　　然后就是看着她收拾东西，把她桌子上那些公仔啊、摆设啊一件一件装进箱子，每个人离职的时候都是这样一个过程吧。所以后来我也懂得，刚去一家新公司上班的时候，别带太多私人东西过去，不然到走的时候会很难堪。去上班，也就是给你一个工位，是公家的地方，私人的东西还是好好放在家里吧。

　　临走时，萧萧抬起头骄傲地对我说："夏小曼，我不是输给你，而是输给了你背后出谋划策的人。你要记住，虽然我走了，但不代表你就能好过，因为这里的人每一个都想往上爬，以你的能力，我劝你还是找棵大树抱紧好了。"

　　我说："谢谢你的提醒，如果我们不是在这里相遇，也许还能成为朋友，其实我一直都觉得你很聪明，只是对工作不太上心。"

　　"好了，省省吧，照顾好你自己，不要也落得这么一天。"她面无表情地说。

　　"祝你好运，再见。"我就这样目送萧萧离去。她在职期间人缘还可以，但人走茶凉，没有几个人跟她告别，大家都客套地说着"去哪里高就啊""保持联系啊"之类虚伪、不带感情的话。

　　萧萧的故事到这里也就讲完了，我永远也忘不了刚到 T 公司的时候她微笑着对我说："我叫萧萧，是在 T 公司实习的，刚转正。早就听李佳姐和老大提过，马上要来一个很厉害的秘书，是从很有名的 L 公司跳槽过来的，我们一直都盼着你呢……"

　　如果不是在职场相遇，我们的关系也许会有不一样的结局吧。人在江湖，身不由己，所有的斗争皆是我无心所为，希望萧萧可以找到一份好工作，以后也能吸取教训，对工作上心，尊重上司。

　　没过多久迎来了我在 T 公司的第一次年度小结，外企一般称作 Performance Review，主要就是看看你在过去一年的表现、谈谈未来的规划，等等。由于我的试用期评估也差不多在那个时候进行，王安娜提议两个一起做，节省时间，老 P 也答应了。于是我们三个人坐下来聊了聊，这次年度小结充分证明了陆鸣说的话非常有道理，老 P 对于我之前兢兢业业的工作表现并没多少印象，他重点表扬了我组织去丽江旅游的表现，也提到了我在处理与萧萧的关系上不温不火，并且把员工调研的工作完成了，值得嘉奖。

　　王安娜在边上煽风点火，鼓动老 P 给我加点工资，我有点紧张地看着老 P，怕他一口回绝。显然眼下我是部门的重要人物，利用价值还很大，老 P 爽快地答应了，于是我得到了在 T 公司的第一次加薪。在职位和职级都没有变化的情况下，2011 年老 P 给我加薪 10%，年度表现得分 A⁻，已经是非常高的评价了。

　　于是进 T 公司不到半年，我的薪资追上了当初工资最高的一个 offer，月薪基本与 Gucci 公司给的持平了。

在魔都虽说这点钱还是不够花，不过我满足了。顺利通过试用期评估，我打算请王安娜吃顿饭表示感谢。在这件事上，还有一个人绝对是大功臣，但是这个人刻意对我冷淡。我思前想后，最终把整件事定格到了在雪山那天，我怀疑是陆鸣接了邵斌的电话，对他说了什么，令他误会了。我去找陆鸣，没想到他先发制人，讽刺我说："我以为你是小白兔，原来我才是很傻很天真。邵斌就是 James 吧，我在 Outlook 里查过了，那可是大官儿，以后你不用再请教我了，有事直接找他就行。"

被陆鸣一气，我也不去找邵斌了。既然他不想见我，那就算了吧，大家各忙各的。书里说，好女人是一所学校，如果他在你这里毕业了，自然就会去找下一所了，所以你要让他觉得你是他永远毕不了业的学校。我打算自己去学点东西，进修一下，毕竟以我二流本科的文凭，想要在魔都混下去难于登天。我的专业是最没用的国际商务，简直是鸡肋，要不是靠着良好的英语和计算机水平，估计我连工作都找不到。

正好 T 公司的年会要到了，我打电话约程子琳出来逛街，让她这个前时尚从业人员陪我挑一件晚礼服，顺便商量下进修的事。有趣的是，程子琳告诉我，冯李仁私下约过她好几次，很明显是想追她。我说："太好了，冯李仁很不错啊，他比陆鸣小一岁，八六年的，长相也很斯文，你考虑下呗！"

　　程子琳娇嗔道:"你懂什么? 我跟他聊过,他这人没什么上进心,只知道追求一些不切实际的艺术啊、攀岩啊,看些乱七八糟的书啊。总之,冯李仁不是我喜欢的类型,我是不会考虑他的。"

　　说实话,我并不是很赞同,因为凭我的感觉,冯李仁是一个善良的老实人。虽说他不像陆鸣那样懂得算计与晋升,不过跟这样的人在一起,所有的事都会变得简单。在这个浮躁的世界,能有这样一个不计名利、懂得生活的人陪伴左右也不失为一件幸福的事。

> ➡ **职场技能·Get** ✔
>
> 我们做的每一个决定、说的每一句话都直接影响着我们的未来。

21 大海捞实习生 _

我开始不停地在网上找进修的资料，大量的信息涌入我的眼睛，MBA、在职研究生、硕士、第二本科、海外项目管理培训、财务进修班……我无法一下子做决定，把这些网页全部存在电脑的书签里，打算有空的时候再慢慢研究。比进修更急的是招一个实习生，萧萧走了以后，我要兼做部门秘书的工作，实在忙不过来，而且我也不太喜欢被别人使唤去做一些很基础的小事。很多人以为晋升的机会是从一些小事情积累起来的，多做别人不愿意做的事，把活儿揽在自己身上，慢慢就能熬出头，升职加薪……这是一个完全错误的想法。

　　首先，当你只能做一些杂事时，你的眼界就只有那么一点。试想，你整天与前台、行政、公司司机、清洁阿姨打交道，你能接触到企业的核心吗？

　　我并非看不起这些岗位，但事实很残酷，一个公司的基层员工，如果不懂得把手里最没价值的活儿分出去给别人做，而是自己包揽，慢慢地你会发现，若干年后，别人一级一级地升上去，只有你还在做原来的工作。

　　最忙的人并非最重要的。再试想一下，一个部门秘书和一个公司的销售总监同时提出辞职，老板更害怕哪个人走？每年加薪，谁总是加得最多？谁总是加得最少？不要看比例，要看实际的金额。那些经理、总监即使加 5%，也比你的 10% 甚至 20% 多许多。我说了这么多，只是想说明一个道理：在职场中，尤其是外企，脑力劳动者永远比体力劳动者值钱。

　　这话放到十年后，你一样会觉得有道理。要懂得合理安排自己的时间，使唤别人去干活，把宝贵的时间用在制订计划、策略以及完成核心工作上。

　　其实，这些道理从书本里是学不到的，我也是大学毕业后在 L 公司摸爬滚打两年后自己领悟的。情商高的花半年就可以领悟；情商中等，像我这样的，要花两年才能掌握要领；情商低的，现在还在公司里加班，贴着发票，预订机票、酒店，安排会议室……赶紧醒悟过来吧！

我在许多应届生招聘网上发布了广告，也拜托公司的人力资源部帮我找几个合适的人选过来面试。当然，因为这个工作是偏行政且需要细心，我指定要一名女生。

程子琳叮嘱我，不要招太漂亮的实习生，也不要招情商太高的，更不要招有背景的。我从几百封简历里面选出了五个候选人，通知她们到 T 公司来面试。你还别说，几百封简历我也花了好几天去筛选，但凡简历没有中文的、照片用艺术照的、名校毕业的、心气高的、会四门外语的、上来就问我实习生能否转正的、谈条件的、在电话里不够礼貌的，我一律不考虑。

具体说说来面试的这几位吧。

一号，师范类学校毕业，长相有七八十分，很文静。我跟她聊过的感觉是她很渴望去做老师，所以 T 公司只是她的备选，来实习也不过是打发时间。这样的人如果录用，有一个很大的问题，她很有可能对工作极其不上心，做几天就很懒散，你也无法激励她，因为她本就无欲无求。

记住，没有欲望的员工不能要。

二号，上外毕业，长相普通，比较会打扮，性格外向活泼。本来我对她印象尚可，但是在面试过程中，她问了我一个问题，就是如果转正，是否有机会去做大老板的助理，还问了我公司的组织架构等。我有点反感，不太敢聘请一个太有野心的人，这样的人很有可能趁你休假的时候去接近老板，将你取而代之。所以我说了几句客套话，实则并不会考虑她。

三号，海事大学毕业，专业也很冷门，是偏向海关一类。其实我对她的第一印象最浅，她本身无论是长相还是性格都不是非常有特点，说话没什么力量，也不太自信，不过她的眉目间流露出一丝对这份工作的渴望。最有意思的是，她竟然穿了一条很花的豹纹打底裤来面试。我不留情面地批评了她，跟她说来面试不该穿这种打底裤。显得既不正式又不端庄。她的脸一下子就红透了，低着头说她不擅长打扮，是典型的理科生。

所以，我对豹纹妹也不太满意。

四号，我的学妹，比我小三届，我们彼此并不认识。她长相甜美，穿了职业装，回答我的每一个问题都很得体，基本上我比较满意。但是我观察到她拎了一个价值是我三个多月工资的包来面试，所以特意问了她一句："你父母是做什么工作的？"

果然，她属于程子琳说的有背景的那类人，我也把她从备选里删除了。

五号，财经大学的学生，戴了黑框眼镜，比较老实本分，穿了呆板的西服。我问她为什么想来 T 公司实习，她说主要是从来没有工作经验，也不知道未来的方向，所以每个机会都会尝试。我觉得她的穿着和谈吐都过得去，长相虽然不出色，也不至于像豹纹妹那样乱穿衣服。综合来看，我决定选择她。

虽说老 P 把招实习生的事全权委托给了我，他表示不会过问，为了显示我对他足够的尊重，我还是将来面试的五个人的情况大概跟他汇报了一下，最终我表示会考虑财经大学的那位学生。老 P 说："小曼，我相信你的眼光，等实习生来了，你就是她的导师，部门的事情就交给她去做，你还是主要负责我的事情以及跟进一些重要的项目会议。"

他都这么说了，我自然开心，拿起电话打给五号。出乎我意料的是，当我宣布完她被录用了，她表现得很冷静。直觉告诉我这个人出现变化了，果然，五号对我说，她决定继续深造，去读研究生！

我仿佛被一盆冷水当头浇了下来，但是仍然想做最后的努力。我继续游说她，比如现在即使是研究生毕业，工作也非常难找，有些研究生的待遇还不如本科生等。可惜我的话并没有对她造成多大的影响，她在电话里诚恳地道了歉。我还能说什么呢，祝福她以后，我苦恼地看着手里的四份简历……

剩下的四个人我虽说都不是很满意，但眼下急着用人，只能在矮子里面拔高个了。我有些纠结地翻来翻去，试图在脑海里回想她们来面试时的样子，最后发现我对三号的印象最深刻。除了她穿了夸张的豹纹裤，还有就是当我毫不留情地批评她时，她并没有生气，直觉告诉我，她比其他人都更需要这份工作。

好，就是她了！我当即拿起电话打过去，豹纹妹接了起来，她听到自己被录用的消息后非常兴奋，言谈间表示了对我的感激，以及今后一定会努力工作。我让她尽快来上班。最后，我补充了一句："来上班别再穿豹纹了啊！"

她说："您放心，我一定不会再穿了！"

我莞尔一笑，觉得她还是蛮可爱的。

▶ **职场技能 · Get** ✓

　　要懂得合理安排自己的时间，使唤别人去干活，把宝贵的时间用在制订计划、策略以及完成核心工作上。

22 "园丁"身边的香奈儿 _

过了没多久，豹纹妹，哦，不，周小宝就正式来实习了。我
有了在 T 公司的第一个实习生，作为她的导师，她来的那天，我
带着她参观了整个公司，把她介绍给了部门里的每一个人。最后，
我怀着私心领着她去了邵斌那栋楼。她乖巧地跟着我，问我："领
导，我们现在是要去哪里啊？"

我笑着纠正她："不要叫我领导，叫我夏小曼就可以了。"

她点点头："好的，小曼姐。"

快要走到邵斌办公室外的时候，我有点紧张起来，停在一面
落地玻璃窗前检查自己的仪容。那天我穿了深蓝色的套裙，脖子

上戴了一条简单的项链，脚上是一双 Jimmy Choo[1] 的黑色高跟鞋。在 L 公司我学会了一点：无论何时一定要注意细节。女人最重要的细节不是包，不是衣服，而是鞋子、配饰与口红。

最近我的头发很长，一直都没有时间去剪。一般我最喜欢的长度是过肩一点点，平时工作太忙，太长的头发没有时间打理，但我又不喜欢太短的发型，显得没有女人味，所以我从毕业后，一直都留的是这样的发型。平时也不觉得有什么，但我盯着玻璃里映射出来的自己，不太满意自己的发型……

一回头发现周小宝饶有兴味地看着我，赶紧催她："快点走，带你去认识一位领导。"我不自然地解释道，"好久没剪头发了，难看死了，你什么时候有空？哪天下班后带你去做个新发型吧！"

周小宝立刻兴奋地说："好啊好啊，小曼姐，我现在这个样子太土了，你帮我参谋参谋好吗？"

"嗯，没问题。"我有点得意。

邵斌的办公室关着门，我往里看了一下，他不在，失落感骤然席卷了我。

我无精打采地往电梯走去，也不跟周小宝多做解释，按下关门按钮，眼看电梯门就要关上了，一双嫩白的手拦住了门，一个女人说："等等。"

我注意到这双手涂了透明指甲油，说明手的主人非常注意自

1　周仰杰，国际知名时尚鞋子品牌。

己的形象。我抬起头，看到一张熟悉的脸以及一个惊为天人的美人。

我并非没有见过世面。在 L 公司的时候，我见识过许多不同类型的美女，有些是靠气质取胜，有些是靠妆容取胜。眼前这个美人非常高挑，她细长的丹凤眼里似乎装着许多故事。我观察到她穿着价值不菲的 Chanel[1] 套装，心里暗暗想，T 公司也是个藏龙卧虎的地方。

至于她旁边的人……是园丁！哦，不，是吴寒。

我犹豫着要不要跟吴寒问个好，不过毕竟自己只跟他见过一次面，而且像我这样的小人物，他肯定不记得了，还是低调点，装作不认识吧。

显然吴总的记性好得惊人，他主动开了口："夏小曼，又来签字啊？很久没看见你了。"

我双手做了一个恭敬的手势，说："总裁好！失敬啊！这位是我们部门新来的实习生，我带她过来认识点人，没想到遇到了公司最大的官儿。"

吴寒忍不住笑了。不知道是被我逗乐了，还是原本心情就不错，他显得特别高兴。他指了指那个大美人，说："这位是 Phoenix Chan，我的秘书，以后你有什么要签字的，找她就可以了。"

1　香奈儿，法国著名奢侈品牌。

原来大美人是总裁秘书，难怪气质超群呢！我马上伸出手："Phoenix，你好，我叫夏小曼，是项目研发部 VP 的助理。"

Phoenix 只轻轻握握我的手就马上放开了，我感觉到她的手柔若无骨。她浅浅一笑："你好，小曼，我听过你的名字。"

我一惊，不会吧，我这种小人物居然这么有名？不过转念一想，不愧是总裁秘书，人家说的是场面上的客套话，我竟然差点当了真，真是幼稚。

吴寒兴致勃勃地说："对了，夏小曼，你上次不是说我穿得不好吗？我忘了让 Phoenix 联系你了，稍后约一个时间，你到我办公室来，给我好好说说这事。"

我恨不得挖个地洞钻进去，当时口无遮拦说的话吴总竟然还记得。这也太丢脸了，人家身边有个超级名媛的秘书，哪轮得到我指手画脚？我马上谦虚道："吴总，上次我是开玩笑的，您穿得其实挺好的，不需要改变了。"

"瞎说！你上次不是这么说的，怎么现在又谦虚了呢？不行，改天你过来。"吴寒一副认真的表情，不像是在说笑。

这时，Phoenix 用一种半嘲弄的眼神看着我，仿佛在暗示我自不量力。我觉得她这个人挺奇怪的，虽说她长得美，但是我才第一次见她，她怎么就对我充满了敌意呢？一股热血冲了上来，我又失去冷静了，走出电梯的前一秒，我说："行啊，吴总，既然您开口，我就献丑了，回头我跟您的秘书约时间吧！"

输人不输阵，我心想。

周小宝一愣一愣地跟着我走，完全不知道发生了什么事，一副神游的样子。回到座位以后，我开始跟她交接工作。我给了她一个笔记本，吩咐她把我说的每一句话都记下来，一个字也不能漏掉。周小宝小心翼翼地记着，有听不懂的地方就会问我。就这样忙碌了一个下午，不到六点我就放她回家休息了。接下来的几天都会很忙，T公司的年会下星期就要开始了，我们部门到现在一个节目也没有排。老P扛不住压力把这事丢给了我，我还得想一个好的方案，在几天内排出一个节目来，真是头疼。

回到家里，我妈把刚洗好的奶油草莓递给我，顺便又啰唆了几句，催我快点找个男朋友结婚，还说我老是加班，工资却不多，隔壁的谁谁谁已经拿到一万多块钱了……我敷衍了她几句就把自己关在房间里听歌了。

仔细想想，其实我妈也挺不容易的，一个女人把我带到这么大。这些年来，没有一点我爸的消息，她也不埋怨，有时我问她恨不恨爸爸，她只是摇摇头，说："我不恨他，因为他把你赐给了我，从你出生的那一刻起，你就注定了是妈妈的心肝宝贝，这辈子有你，妈妈觉得很满足。"

我妈把我照顾得很好，所以一直以来，我都没想过要去找我爸。当年的案子早就销掉了，被砍伤的那个人后来没事，爷爷奶奶又赔了一大笔钱，那家人收了钱后没有采取进一步动作。那个年代的人比较单纯，不懂敲诈勒索，既然拿了钱，这事就算了结了。警察也没有再来过我家。照理这案子淡化了，我爸就该回来了，可惜一等就等了二十几年，没有一点消息。

　　家里的电话一直保留着，无论搬到哪里，我们都申请保号移机。到最后，大家心里都明白了，根本就是我爸不想回来了！

▶ 职场技能 · Get ✔

　　无论何时一定要注意细节。女人最重要的细节不是包，不是衣服，而是鞋子、配饰与口红。

23 年度盛典，狂欢中的孤单 _

终于迎来了 T 公司的年会，全公司的人都受邀参加。因为上海公司是亚太区的总部，有些在外地的同事也特地买了机票或者火车票赶到上海。人们坐上公司大巴，浩浩荡荡地来到现场。

年会选在圣诞节那天，T 公司负责组织年会的据说是最有钱的一个部门，手里的预算永远花不掉，所以年会当天，现场布置得富丽堂皇，几棵圣诞树上挂满了礼物。我摘了一件递给周小宝，说："送你，圣诞快乐！"

周小宝感动地接了过去，她说："谢谢你，小曼姐，你教了我那么多东西，还带我来参加公司年会，我以后一定好好工作！"

　　我笑了笑。周小宝是个纯朴的姑娘，她是苏州人，老家具体在哪儿我也记不清了，反正是从一个小地方来的，所以她没有什么心眼，工作也很麻利，我挺庆幸自己招对了人。

　　年会总共分为四个环节。第一个环节是公司领导致辞，自然就是吴寒上台讲话。"园丁"今天穿了西装，打了领带，显得十分庄重、有精神。我这才发现，他还是很有总裁范儿的，自己当初有眼不识泰山，所幸他没有追究。

　　第二个环节是各部门表演节目。我这才发现除了我们部门随意地排了一个节目凑数，其他部门都精心准备了，有些节目的质量甚至不比春晚差。我暗暗担心老P会责怪我，但是我们本来就是研发部，那些工程师呆头呆脑的，你让他们表演节目，他们宁愿加班做实验。所以，我们最后派了几个刚好会乐器的家伙上台合奏了一首《圣诞之歌》，打算混过去。还好现场气氛热烈，大家都在兴头上，我们这个滥竽充数的节目总算过了关。

　　我坐在一个距离舞台比较远的地方，从开场我就一直忍着尿意，这个时候我们的节目表演完了，我感觉自己再也憋不住了，立刻站起来朝出口的方向奔去。

　　上完厕所我打算四处逛逛，透透气再进去，看看手表，距离最后的抽奖环节还有一段时间。第三个环节是颁奖，比如年度最佳员工啦、最佳团队啦。反正我刚来T公司不久，这些奖跟我没什么关系，也懒得去听，不如去买杯喝的，趁机偷个懒。

　　之前帮老 P 整理资料的时候，我倒是看到陆鸣得了一个最佳员工奖，最佳团队奖颁给了 Tommy 那个组，其余全部落空。我们研发部不大不小，算算也有七十多人，加上采购，超过一百人，在 T 公司也算人很多了，可惜我们的业绩一直表现平平，所以一号楼的那些大领导并不是很重视我们，年会的得奖名额给得很少，大部分名额都给了一号楼的那些人。虽说有点不公平，但外企就是这么现实，出来混，就要遵守游戏规则。

　　喝完咖啡，算算时间也差不多了，我往回走，一打开门，就听到台上主持人说："最后让我们再次恭喜 2011 年度最佳员工的获得者 James Shao 以及他的团队……"

　　熟悉的名字冲击着我的耳膜，我立刻往台上望去，确实是邵斌。他穿着黑色西装，手里拿着一座奖杯，正对着台下的人挥手致意。一股冲动涌了上来，我往舞台的方向走去，谁知邵斌领完奖就直接从特殊通道走了，我没追上。等我再从观众出口绕到那个通道外面，邵斌早就没了影子。

　　失落感顿时将我击垮，我四下张望，感觉额头上都出汗了。绕着会场走了一圈，还是不见他的踪影。我打算去会场外给他打电话，什么面子里子都不重要了，我要一个答案，如果他不想跟我继续了，那也要跟我说清楚，就这样玩失踪是什么意思？

　　我在会场外的平台上找了一个没人的角落坐下来，刚拿出手机，就听到一个熟悉的声音。那一口普通话带着浓重的香港口音，我不会听错，是吴寒的秘书，那个对我有敌意的大美人——Phoenix Chan。

她对一个背对着我、看不清样貌的男人说着什么，那个男人正在抽烟，因为我看到黑暗中有微弱的火光一闪一闪。我听清楚了，Phoenix说："你是不是喜欢她？都什么时候了，你还在犹豫。我好不容易说服吴总让你去德国接那个位子，你想想，多少人在抢这个肥差？我做了这么多，全都是为了你！为了我们的将来！"

那个男人不说话，仍然在不停地抽烟。Phoenix显得很激动，她又说："Mike带着萧萧我们去香港的事是不是你告诉夏小曼的？不然她怎么可能去查考勤呢？萧萧被辞退以后，Mike私下里找过我，让我找出这个幕后黑手。邵斌，你为什么要这么做？你应该知道，我们不能得罪Mike。"

先是听到自己的名字，然后是那个再熟悉不过、曾经陪伴着我的人的名字，我简直惊呆了。十二月，上海冷得要命，而我的脊背上，冒出了一阵又一阵的冷汗……

▶ 职场技能·Get ✔

外企很现实，出来混，就要遵守游戏规则。

24 我成了"小三"_

"Phoenix，你变了，我们一起在英国念书的时候你不是这样的。现在的你，对我而言，很陌生。"这次说话的人我再熟悉不过，是邵斌。我浑身发抖，原来一直以来，邵斌都有女朋友，我只不过是他的"小三"。难怪他要我低调，不要我公开跟他的关系，我一直以为他是怕我影响他的前程，原来是另有隐情。

"James，是你变了，你变心了。"我能够感觉到 Phoenix 是咬着牙说出的这句话。很明显，她恨我，那天在电梯里要不是吴总在场，估计她会直接向我开火吧！

"够了，我不想讨论这些事情。我已经说过了，德国的事我会仔细考虑，有了决定后再通知你。"

"总之你记住，等你去德国以后，我会跟吴总申请也过去。到时候我们就可以留在德国，你想要什么我都会给你的，只要你的心还在我这里……"

我再也听不下去了，站起来，大刺刺地穿过这两个人，故意用手大力推开邵斌："麻烦让一让！"邵斌惊讶地看着我，脸上写满了狼狈与慌张，问我："夏小曼？你怎么在这里？"

我根本不搭理他，越走越快，最后直接跑了出去。邵斌一直跟着我。他试图拉住我，但我跑得太快，他怎么也拉不住。

一口气跑出很远，跑得累了，我停下来蹲在路边休息，眼泪不听使唤地流了出来。我做梦也没想到邵斌的女朋友是 Phoenix，人家是高高在上的总裁秘书，无论是打扮还是条件，我都没法跟她比，更何况她也是帝国理工毕业的。我就这样蹲着，像一只受伤的小动物蜷缩着身体。

不知道过了多久，我站起来，头晕眼花地站在路边，伸手拦了一辆出租车。我打算直接回家，年会我也没有心情参加了。打开手机，看到邵斌给我打了很多个电话。我不想接，事到如今，这个人跟我一点关系也没有了。

"师傅，到了，就在这里把我放下吧。"我看了一眼计价器，二十八元。我递过去三十元，打开车门准备下车，司机说："喂，小姐，找你钱。"我有气无力地挥挥手："不用找了，谢谢。"

走到家门口我看到了那辆熟悉的奥迪，虽然没有坐过几次，但是我记得车牌。邵斌打开车门，从车上下来，他有点憔悴，看着我，时光无力而破碎地停留在了这个尴尬的瞬间。最后，邵斌决定打破我们之间这种尴尬的僵局，说："我找了你很久，一刻不停地担心你，为什么你每次都是这么冲动？能不能先听我解释，而不是直接判我死刑？"

邵斌的语气很无奈，表情十分复杂。我看着这个自己喜欢得无法自拔的男人，心已死，解释有什么用？我吞了吞口水，没有回答。

邵斌好像失去了耐心，他拉着我，说："你先上车，我在这里等了你很久，给我十分钟总可以吧？说完要说的话，我马上就消失。"

"你想说什么就在这里说吧。"我不想上他的车。

邵斌从西装口袋里掏出一支烟，用打火机点上以后连续抽了几口，他叹了口气，说："从香港回来的路上，我知道了那个去德国的名额给了我，公司里的几个领导、吴总、Mike 以及其他高层都推荐了我，去的话马上可以升一级。你知道，多少人干一辈子也到不了 M3，我不想错失这个机会。"

M3？我心里也暗暗吃惊。升到 M3 的话，就跟老 P 一样了，级别确实很高，据说公司里几乎没有中国人可以坐上这个位子。他确实很厉害，或者说，他背后的推手很厉害。

　　过了半晌，我开口了，话说出口我才知道自己的声音是那么苦涩："恭喜你，邵总。既然机会来了，就要好好把握，我为你感到高兴。但我就是不明白，你为什么要对我避而不见呢？你就算告诉我你要去德国了、你要高升了，我该识趣地退场，那至少也是一种方式啊，也许我会笑着祝福你呢？如果你误以为我会死不放手纠缠你，那你真是看错我了，邵总。"

　　"夏小曼，并非你想的那样，我只是不知道该怎么跟你说。你从雪山上滑下去的时候，我真的有股冲动，想马上订一张机票飞去云南陪你、守着你，但是 Phoenix 突然跑来找我，告诉了我去德国的事，我走不开……我承认，我不该瞒着你我跟她的关系，我们留学的时候的确在一起过，但是她不适合我，只不过她一直在工作中帮助我。"

　　"也就是说，你们并没有分手，对吧？"

　　邵斌点了点头。

　　我接受不了。我接受不了他欺骗我，我接受不了他有一个跟他一样从帝国理工毕业的女朋友，我接受不了他跟别的女人在香港待了那么多天，我接受不了他对我的避而不见……男人最在意的终究还是自己的地位，我跟他的事业相比，可能就是一只微不足道的蚂蚁。

　　到此为止吧，有个声音这么告诉我。

　　"你走吧。你跟 Phoenix 是不是适合、有没有分手，我都不在乎了。你要去德国了，那我们分手吧。"

邵斌瞪着我，他扔掉手里的烟，抓住我的手臂："你再说一遍，为什么要分手？对，我是要去德国，但我不是不回来了。如果你介意的是 Phoenix，我可以马上跟她说清楚。夏小曼，我很喜欢你，从第一次在 cafe shop 见到你，就已经为你着迷。后来你因为李佳的事发火，我更加喜欢你，我从来不知道会有女孩子为了别的同事那么生气、那么着急。我以为我是一时冲动，事实上我是非常认真的，给我一点时间好吗？让我处理好我跟 Phoenix 的关系。"

我狠狠心，用力甩开他的手，一字一句地回答他："邵斌，我等不起。如果一开始你就把整件事原原本本地告诉我，我会站在你这边支持你，但是你自始至终都在骗我。你跟 Phoenix 之间除了是旧情人关系，还有职场上的互帮互助吧？没有她，你也不可能一路高升，我不相信你可以马上跟她撇清！"

邵斌沉默了，我的话戳中了他最担心的问题，帝国理工毕业的又怎么样？也一样需要依靠别人才能往上爬。

我就这样看着他上了车，发动车子，很快地消失在我的视线里。回到家我连衣服都没有力气换，躺在床上，用被子蒙住头，大哭了一场。这是我从小到大疗伤的最佳办法，很有效。以前我在电影里听到过一首歌，歌词无比哀伤：

当一辆车消失天际

当一个人成了谜

你不知道

他们为何离去

就像你不知道这竟是结局

在每个繁星抛弃银河的夜里

我会告别，告别我自己

…………

　　再见，James。

▶ **职场技能・Get** ✔

　　职场中的关系往往错综复杂，一时之间无法区分开来。办公室恋情往往是最危险的，要保持清醒与理智。

25 权力的游戏 _

　　朝九晚五有个好处，就是无论前一天发生多大的事，你有多憎恨这个世界，第二天早上你都得按时起床、洗澡、梳头，打扮得人模狗样，继续去那个位置上乖乖地坐着。这是社会角色赋予你的，如无意外，一切照旧。

　　只不过我没有想到，邵斌的事情还来不及消化，可怜的我就被卷入了部门争位战。大敌当前，我也没有多余的力气去想儿女私情了。

　　事情是这样的。之前提到过，老P下面有一个韩国人小组长要回国了，老P原打算把韩国人下面的组员与法国人的合并，直

接变成我们部门最大的一个组，由他亲自带领，或者从别的公司
挖一个人过来带。

　　现在消息已确认，老 P 不会亲自去带那个组，而挖人的代价
又太高，所以只剩下一条路，就是提拔法国人，让他去带合并后
的组。不过，法国人和老 P 是有过节儿的，所以经过深思熟虑，
老 P 打算在其他组里重新提拔一个 team leader，让他的组与韩国
人的组合并。

　　所以，眼下谁有这个实力去吞并另一组，谁就是赢家。

　　韩国人的小组虽说没有什么好的项目，但是如果可以领导
两个组，就不可能只是 team leader 了，起码也会给 section
manager（分部经理）的头衔。官升两级，再等着接替老 P 做研
发部老大，这些都指日可待。

　　于是那帮 team leader 就不淡定了，表现最为明显也最激
进的是 Tommy。他开始频繁进出老 P 的办公室，每次都是关
门密谈，一谈就是一个小时。Tommy 那个组本来就是香饽饽，
所有好的项目老 P 也都派给他。为什么？不就因为人家是德国
人吗？

　　为此，刘博私底下跟我吐槽过，他说同样是小组长，他的收
入只有 Tommy 的一半，其他的福利什么的更不用说了。刘博心
里很不服气，但碍于他也算是老 P 一手提拔的，不好发作。在德
国时，老 P 就是他的直接领导，两人一起来到中国打江山，按理

刘博才该是第一继承人，空降来的 Tommy 却因为其智商、情商双高，在短短半年内就逆袭了刘博。刘博是 Tommy 的眼中钉，很明显，本次争位战是他们两个人的终极决斗，我觉得也是"中德之战"，呵呵。

至于法国人，这就是另外一个故事了。很久很久以前，老 P 和法国人都还没有被派来中国的时候，他们都在德国的斯图加特总部工作，据说是工程师。两人当时是一个小组的，一样的级别。后来，那个小组来了一个新的领导，也是法国人，矛盾就来了。新领导特别喜欢用法语跟法国人交流，甚至在一些公众场合也不避讳，就这样哇啦哇啦地说。老 P 当年还是个愣头青，他就提出来说："你们这样不太好，毕竟我们是德国公司，还是要说德语，要尊重同事。"从此老 P 就不受待见了，新领导对他各种刁难，最过分的一次甚至当众就开炮了，说老 P 的设计有问题，让他多向法国人学习。

你们应该了解德国人的个性吧？总是很严肃、一丝不苟、高高在上的。老 P 也是日耳曼民族血统啊，他可受不了这个委屈，没多久就申请内部调动，去了别的部门发展。刘博当时就在那个组，老 P 后来成了刘博的领导。没想到，多年后，老 P 一家老小搬来了中国，还一路高升，成了研发部的老大。后来嘛，法国人也被总部派过来了。冤家路窄，老 P 能待见他吗？要不是总部撑腰，估计法国人早就被赶回国了。所以，这次韩国人要走，老 P 升谁也不会升他。

另外两个中国人一直都是跟风的，谁有地位，他们就站到谁那一边。虽然局势不明朗，但我知道他们一个暗中支持刘博，一个则支持 Tommy。

好了，言归正传。我是站在刘博这一边的，照理说，我一个小助理不该参与这种权力之争，但陆鸣跟我放过风，至少他们采购部已经传开了：这次谁坐上大组长的位子，谁就是老 P 的接班人。

也就是说，这次"中德之战"的胜利者很有可能是我未来的老板，站错队伍就等于判自己死刑。支持刘博，若他输了，以后 Tommy 不可能给我好果子吃；支持 Tommy，若他输了，我不仅得罪了刘博，还等于忘恩负义，没有报答刘博之前帮我铲除萧萧的恩情，我会弄得里外不是人。

我问陆鸣："我该帮谁啊？"

他想也不想，说："我凭什么要告诉你？我怎么知道？你该独立了，不要一遇到问题就来找我。"

真是无语，我只好打出友情牌："陆鸣，你是我在 T 公司最要好的朋友了，你告诉我吧！"

"哦，邵总要外派高升了，救命稻草没了，就想到来找我啦？"

我的脸色马上变了："你怎么知道他要走了？"

陆鸣意味深长地看我一眼，他说："公司出通知了，你没看邮件吗？他的职位暂且保留，由 Mike 接管，不招新人。”

“哦，是吗？我没来得及看。”才没过几天，看来他是下定决心要走了。一股酸楚涌上心头，不知道他的办公室会不会也保留呢？这几天他应该不会来公司了吧？忙着整理行李、farewell party……

“喂！你在想什么呢？我问你，跨年你准备去哪里？”陆鸣朝我狂挥手，我只好收回注意力。

“哦，跨年？对哦，明天就是 2011 年的最后一天了。”

“你有安排吗？没有的话……”

“啊？你不会是想约我陪你跨年吧？很抱歉，您可是采购部的明日之星，我不敢高攀，还是叫上程子琳和冯 Sir 一起，去定西路吃打边炉，然后去唱歌吧。”

陆鸣显然对我打断了他的话很不爽，不过他对我的提议挺满意。没想到，跨年那天晚上程子琳和冯李仁也没有安排，我们四个单身男女一拍即合，当下就敲定来个四人行，共度良宵，不醉不归。

就是那一天，在台北纯 K 的包厢，发生了一个历史性的事件——陆鸣告诉我们，有个新玩意儿叫微信，可以用文字聊天，也可以群聊，可以发照片和语音，完全免费，很多同事都开始用了。

嗯，你猜对了，我就是在 2011 年的最后一天开始用微信的。

　　那天晚上还有一件大事，就是冯李仁向程子琳表白了。

　　然而，我的 2011 年就在嬉笑打闹中度过了。这一年的委屈、心酸、眼泪和收获都变成了酒杯里的故事，一饮而尽，吞到了肚子里。

　　▶ 职场技能·Get ✓

　　在公司的任何一次权力争夺战中，一个小兵，都要记得站对地方，选好队伍。

26 谁是卧底 _

　　过了元旦，回到公司，争位战已经打响。听说老 P 已经联络德国总部的 HR，开会研究讨论让谁升上去了。刘博找我意味深长地谈过心，确保我是支持他的以后，交给了我一个神秘任务。

　　这个神秘任务是什么呢？说起来实在是有点难堪，刘博竟然让我去"色诱"Tommy，让他把底牌露出来。说实话，我对刘博有点不满，他几乎把周小宝当作他的私人助理来使唤。周小宝本来是我的实习生，她要做部门里所有的杂事，每天忙得不可开交，却还要帮刘博订机票、订酒店、报销、寄快递、填写出差申请表……她忙到没有时间吃饭。有一回，她睁着无辜的小眼睛问我："怎么刘博什么都使唤我，而其他的 team leader 从来不使唤我，都是自己做呢？"

我无言以对，只能安慰她："小宝，辛苦你了，我争取明年帮你申请一个职位，让你转正，留在 T 公司做正式员工。"

她惊喜地问我："真的吗？小曼姐，我真的有机会留下来？"

其实我心里也没底，但眼下我只能先稳住她的情绪，之后再去跟老 P 争取看看。以前不带人没有经验，现在我也学会了一招，叫"画饼"——领导给下面的人规划美好的将来，实际能否兑现他们自己也不清楚，画饼充饥的意思。

所以我告诉周小宝："我会帮你争取的，希望很大，就算不能留在 T 公司，我也会利用我的人脉把你推荐到其他顶尖的公司。"说句良心话，这点我还是挺自信的，在外企混了这么久，给一个应届毕业生介绍份工作绝对没有问题。

许多人觉得实习嘛，就是混混日子，拿着不痛不痒的工资，每天装模作样到公司晃晃，露个脸，对留下来也不抱希望。要是一开始用人单位就讲明了只是实习岗位，不能留用，那就混得更加惨不忍睹了。

我个人觉得这种想法是完全错误的，因为在实习期间，你能够接触到的全部都是公司内部人员，也就是说，你的身份其实和转正后几乎没有两样。在实习期，一个聪明的人完全可以掌握这些信息：转正后大概的薪资待遇、实习单位的人际关系和工作环境、自己喜欢并且适合的职位、在这家公司究竟能否学到东西以及发展前景等。

综上所述，实习其实是一个大学生完成从校园到职场的过渡的最佳平台，如何有效精准地使用这个平台完全因人而异。我在T公司和之前的L公司都见过一些情商高的实习生把自己的导师哄得服服帖帖，一开始说好不留用的，到最后也是好几个部门来抢。这样的人就算不能被原实习单位留用，有了导师的大力推荐，也往往是四五个offer慢慢挑的节奏。而那些混一段实习就走人的毕业生往往在今后的职业生涯中也是三天打鱼，两天晒网，得不到领导的欢心。

关于实习我就不多说了。为了完成刘博交给我的任务，我决定主动出击。Tommy有点惊讶，我居然主动约他吃饭，因为在丽江的时候，我对他表现得很冷淡，加上有一次我跟刘博谈话被他看见，所以他很有可能是防着我的。无论如何，我要试试。

那天晚上，我约他去虹梅路老外街的泰国餐厅吃饭。其实我没有刻意打扮，但在下班前补了补妆，涂了玫瑰色的口红。想来想去，我还是太害怕了，怕Tommy对我动手动脚，所以临走时硬拉上周小宝陪我。她有点莫名其妙，完全搞不清状况。我跟她说Tommy是老板的红人，一起吃个饭联络下感情，让她好好表现，多敬几杯酒。周小宝似懂非懂地问我："那小曼姐，我能不能转正是不是也凭他一句话呀？"

我说对，搞定他就有百分之五十的希望了。

那天晚上，Tommy 表现得很自然，丝毫没有领导的架子，也只字不提工作的事情，一顿饭吃下来倒也聊得很开心。趁着周小宝去洗手间的时候，我壮了壮胆，凑近他，假装伸手去帮他拍衣袖上的灰尘。Tommy 实在太聪明了，他趁机拉住我的手问我："嘿，小可爱，你想好了没有？今晚不是我们单独吃饭吗？怎么多了一个人？"

我笑着解释："Tommy，主要是你太迷人了，小宝总是问起你，我才不得不带上她一起啊。"

他的蓝眼睛里写满了怀疑，我对他眨眨眼，想尽可能地展现一点女性魅力，不过我实在是太弱了。Tommy 诡异地一笑，说："小可爱，不要欺骗我，你们中国人都太狡猾了，我不上当。"

"我怎么敢骗你呢？听说你马上就要升官了？老 P 是不是打算让你去接韩国人那个组？"

这话我问出口不知道会不会太明显，但是我跟他都喝了酒，在这种情况下我也管不了那么多了。果然这话还是触到了他的雷区，他皮笑肉不笑地说："有人跟我说你和刘博是一伙的，刚开始我还不信，现在看来，你就是他派来的 UC。知道什么是 UC 吗？

Undercover（卧底），说的就是你。"

我只感到一股冷风从背后吹来，有一种当卧底被人在黑社会大佬面前踢爆的感觉。

▶ **职场技能·Get** ✓

实习其实是一个大学生完成从校园到职场的过渡的最佳平台，如何有效精准地使用这个平台完全因人而异，需要高情商和随机应变。

27 老 P 的试探 _

那天晚上的饭局我没有任何收获，倒是周小宝自此对 Tommy 印象很好，她说他不像其他德国人那样一副冷冰冰的样子，很亲切。我歪着脖子不以为然地问："很亲切是怎么个意思？你给我解释解释。"

"怎么说呢，就是……"周小宝很认真地思考了片刻，终于找到了答案，她的嘴角上扬四十五度，高兴地说，"像个大男孩。"

我差点没吐。算了，懒得浪费时间去跟无知的小女生科普 Tommy 这种披着羊皮的狼是有多可怕，吃人不吐骨头。反正教会徒弟没师父，还是等自己打赢这场仗、站稳脚跟后再找时间好好教她吧，不急于一时。

　　没过多久，老P找我去谈话，很明显这次谈话的重心不是我。他随口问了问新来的实习生表现如何，就话锋一转切入正题，我感觉到这将是一次严肃且重大的谈话。

　　"小曼，你是我身边最亲近的人，可以说，你就是我的左右手。以前我做任何决定都不会跟自己的助理讨论，但你不同，我观察了你一段时间，你的工作能力比大多数人都要强，所以我希望从你这里听到智慧的声音。"老P的这番话可以说是语重心长，很让我感动。

　　"您说吧，我一定会保守秘密。"与上司的私密谈话，哪怕你觉得内容再不重要，也一定不要传播，连一个字也不要透露，否则你将失去上司对你的信任，成为职场小喇叭，同事远离你，上司痛恨你。

　　老P满意地点点头，他继续说："其实吧，我也不想瞒你。关于升一个小组长去接管韩国人那个组的事，我来来回回考虑了很多次。我们部门虽说人才济济，但我真正信任的只有你、刘博、Tommy还有我的司机，这次的升职机会我打算给刘博和Tommy中的一个。"

　　果然没错！老P的心里只有这两个核心人物，我的想法完全正确！我心里有点得意，但脸上还是装得一本正经。

　　"你觉得，这两个人，我该升谁呢？你的群众基础比较好，和部门里的人也都走得很近，我想知道大家私底下是如何讨论的，你又是怎么想的。”

当下我明白，这是百年难得一遇的一次机会。之前为了弄走萧萧，我欠下了刘博一个人情，以至于现在被他牵制，我打算趁此机会把这个人情还了，以后公事公办。

我想了想，说：“这两位组长都很优秀。从专业技能上看，刘博是博士，Tommy 是硕士，也算不相上下吧；这两人都精通德语，与总部的沟通没有任何障碍；人际关系的处理嘛，我个人觉得刘博略占上风，部门里的人谈及刘博都赞不绝口，而且我觉得升他对您的威胁也似乎更小。”

老 P 的眼睛眯了起来：“你的意思是……”

我吞了吞口水，故意停顿几秒，吊起老 P 的胃口：“按理说，您之后肯定是要回到总部去的，但是在这个任期结束前还有一段时间，如果升了 Tommy，他和您的级别差距就缩小了。您也知道，他在总部非常受垂青，很可能之后会威胁到您……”话说到这里我就不能再说下去了，这种话肯定是点到即止，除非老 P 是白痴，否则他当然明白我的意思。

其实我这么说也不是没有道理，但我是带了私心的。如果非要我站在 Tommy 那一边，我也可以编出无数个理由。在职场上，话千万别说死，如果遇到情况，就可以颠来倒去把话圆回来；你非要说死，那最后肯定是自己吃亏。

"哦，我懂了。你的观点很独特，我会考虑的。这是你个人的想法，那其他同事呢，是不是也都这么想？"老P果然是一个谨慎的人，他除了问我的意思，也想通过我打听到其他同事的想法，最重要的应该是其他小组长的立场。

我一本正经地说："我认为别人怎么想一点也不重要，众口难调。这两个人无论升谁，底下的人都会有不同意见，您才是研发部的一把手，必须在确保自己坐稳位置的情况下再去考虑部门里其他的人。"

老P没有说话，他陷入了沉思，表情里还有一些难过的样子。

显然我的话刺中了老P的痛脚。他在中国的待遇比在总部高十倍，拿着欧元的工资加人民币的津贴，住公司租的豪宅，还配有好的车和司机，老婆、孩子全部享受家属的最高待遇，医疗保险全部按照最高级别的买。换言之，老P在中国等于没有花销，净赚工资。这样的生活，除非是任期满了，迫不得已归国，否则他自己怎么会想走呢？所以，如果Tommy威胁到他的地位，他就会选择相对弱势安全的刘博。

这个，就是我的策略。

与上司谈话要站在上司的角度，用高于自己职位的眼光看待问题，不能做井底之蛙，只看到身边的人。总结下来就是四个字：高瞻远瞩。

我与老P的谈话结束后也得到了风声，原来这轮谈话已经持

续了好几天，除了我，老 P 分别找了每一个小组长，包括竞争的
刘博及 Tommy 谈话，看来近期就会宣布结果。

　　就在这个时候，一封告密函发到了整个项目研发部及德国总
部。当我点开那封告密函的时候，几乎不敢相信自己的眼睛。

▶ **职场技能 · Get** ✓

　　与上司谈话要站在上司的角度，用高于自己职位的眼光看待
问题，不能做井底之蛙，只看到身边的人。总结下来就是四个字：
高瞻远瞩。

28 一封告密函 _

告密函是用一个私人邮箱发出的，告密者以流畅的英文阐述了整个事件。告密者说自己是研发部的一个小职员，她想要告发的人……竟然是 Tommy！

告密函用一种严肃冰冷的口吻叙述了 Tommy 在公司威逼利诱多名女同事与他发生不正当关系，自己也是其中一名受害者。在与 Tommy 开展这段"地下恋"的过程中，Tommy 还曾多次向她透露他经常收取客户的红包，从而给对方更低的项目报价，因此与多名客户保持着良好的"合作"关系。

当知道除了自己，原来公司里还有数名女员工也是 Tommy

的囊中之物后，她一怒之下写了告密函，希望公司严肃处理，整治不良之风。

信的最后，告密者再三表示希望公司保护她，不要因为这件事影响她的家庭。

最后这句话尤其令我震惊，我们部门有家室的女性员工加起来不超过三十个，也就是说范围一下子缩小了，除非这人是工厂的，那另当别论。

尽管有些人看完邮件想装作若无其事，但毕竟还是八卦的人更多，告密事件一下子成了部门最热话题，茶余饭后都在议论究竟谁是这个告密者。这封信甚至被许多人转发，一传十，十传百，到最后一发不可收拾，T 公司的高层及其他部门的员工都在私底下传阅。

我想，Tommy 的职业生涯完了。

陆鸣私下里警告我：一、千万不要转发邮件，看完删除；二、千万不要参与讨论邮件的内容；三、千万不要向任何人打听告密者究竟是谁。尽管我真的非常非常想知道，但好奇害死猫的道理我也懂，尤其是我这个职位是站在风口浪尖的，该闭嘴时就要闭嘴。

这封邮件引起了总部的高度重视，听说董事局的几个领导都震怒了，而中国区的老大吴寒也为此事召见了老 P。当 Phoenix 打我座机的时候，我的心情相当复杂，她的语气冰冷，怎么说呢，就是那种高高在上的态度，顺便还带有一些嘲弄。她打给我只是为了知道老P的行程，她说吴总要见老P，末了我还是没沉住气，问了一句："他好吗？请帮我问候他。"

Phoenix像是没有料到我会说出这样的话，她在电话里哼了一声，说："我没法帮你传话，你要问候的话就请你自己去找James。"说完就毫不留情地挂了，我拿着电话发愣，周小宝说："小曼姐，你怎么啦？是不是有人欺负你？"

"哦，没有的事，要安排一个会议。最近有点忙，你也要辛苦点。"

周小宝毕竟年纪轻，对我没有什么防备，一张口就问了不该问的事："小曼姐，你知道Tommy的事情吗？大家都说他马上就要被公司辞退回国了。我觉得他不像是这样的人哪，你说这中间会不会有什么误会？"

我板起脸，用一种严肃的语气告诫她："小宝，这件事现在是禁忌话题，不该是我们俩讨论的。再说是非黑白自然有人调查，你自己乱猜也没意思。"

周小宝点了点头，不再说话，乖乖地做事去了。我喜欢她的原因之一就是她听话，不会顶撞上司，而且也很渴望留在T公司，所以跟一般的实习生不同，她没有来混日子的念头。

T公司有一个部门专门负责内审，其中有几个人还管着一些乱七八糟的事，吴寒与老P谈过话以后就安排这批人成立调查小

组，专门负责这个案子。这些人办事很有一套，他们会约你去谈
话，问你许多问题，最后递交报告给总部。这事前前后后折腾了
大半个月，过年的前几个星期，应该是报告出来了，吴寒拿着一
个牛皮纸信封亲自过来了。

　　这是我第一次见到吴寒来我们三号楼，他虽然是一个人来，
没有带秘书，但是整个人散发着一种威严。我不知道这种气场是
怎么培养出来的，在做官的人身上，这种气场浑然天成。我一看
到吴寒就知道他是专门来找老 P 的，马上站起来想带他去老 P 办
公室，但他示意我他要先视察一下。我们部门好多人都认识吴寒，
除了那些木讷的工程师仍然在对着电脑画图以外，基本上都停下
了手里的工作，站起来表示尊重。

　　吴寒跟几个组长寒暄了几句，我跟在他后面，耐心地等着。
我总算知道吴寒的官儿究竟有多大了，我在所有认识他的人的脸
上都见到了一种毕恭毕敬的神色——那种表情，即使在面对老 P
的时候也不曾有过。

　　吴寒跟刘博客套的时间比其他人要长一些，他甚至跟刘博说：
"刘博啊，夏小曼为了你的一张机票可是直接冲到我那里逼着我签
字啊，看来你魅力非凡。能让大美女如此为你赴汤蹈火，太令我
羡慕了。"

　　我绝对没有想到吴寒会说出这么不严肃的话，有点不适应，
说："吴总您别瞎说，我那是为了项目，可不是为了刘博。"

刘博是老狐狸，他打着哈哈，皮笑肉不笑地说："都一样嘛。吴总，您以后要是有什么需要帮忙的地方，随时叫小曼去总裁办，我马上放人。"

这话让我听了很不舒服，什么叫他马上放人，我又不是他手下的人，真是的！他大概觉得Tommy倒台了以后自己就是部门的二把手了，气焰嚣张起来。

但接下来吴寒说的话更让我吃惊，他半真半假地说："我确实很欣赏夏小曼这样的员工啊，要是总裁办有空缺，我第一个拉她过去，到时你可别反悔哦！"

就在所有人都等着老P宣布Tommy的下场，刘博摩拳擦掌等着上位的时候，总部的通告出来了，大意就是经过专案小组的调查，告密函中提及的事情纯属子虚乌有。Tommy在项目研发部任职期间，从未收取过客户的红包，也没有任何证据可以证明他对女同事进行过骚扰或者威胁。至于男女关系，这属于员工的私人生活，公司概不干涉。而Tommy将接管韩国人的小组，成为两个小组合并后的大组长，职位比原来高出一级。

也就是说，告密函的事丝毫没有影响到他，反而令他升了一级。如果说这种结局让我们措手不及的话，那老P接下来的安排简直让我目瞪口呆了。

没有过多的解释，他简洁明了地告诉我，刘博负责的那个项目已经快到最后的冲刺阶段了。我们研发部的项目一般分为A

Sample（样品）、B Sample、C Sample、SOP 四个阶段，走到最后阶段就表示客户对前期的出样都非常满意，这个产品可以批量生产了。交货以后项目经理就可以移交项目，去接下一个任务。而刘博负责的这个项目刚刚勉强通过 B Sample 就遭到客户一系列的抱怨，如工厂产能不够、马达的错误率太高等。也就是说，要是通不过下一步的 C Sample，客户就可以要求我们回到起点，重新走一遍流程。这样当然会损耗大量的人力、物力、财力，是所有人都不希望看到的结果。老 P 的声音听起来很冷酷，不带一丝感情，与之前跟我说我是他的左右手时判若两人。他交代我，我不用再管他的事情了，即日起，我的职位改成 Project Sample Coordinator（项目样品协调员），跟着刘博、采购和工程师去工厂蹲点，直到完成 C Sample 为止。我抗议，我从来没有跟过项目，根本不会做什么样品协调，为什么不叫别人去?

但是我的抗议根本没用，老 P 说："你需要看一下你的劳动合同吗? 白纸黑字写明你的直属上司可以安排你的工作，如果有需要，也必须出差。"

"如果我坚持不去呢? "我还是不死心。

老 P 面无表情地回答："你确定你要这么做吗? 如果你坚持不去，我就只好把你调到其他部门去;如果没有部门接收你，那你只能离开公司。"

我明白了，他要流放我!

因为我站错了队。自始至终，老 P 心里倾向的都是 Tommy，之所以问我的意见，不过是试探我，或者说是给我最后的机会。可惜，我完全看不出这些阴谋，踩进了无法翻身的沼泽地，越陷越深。

老 P 命令我把手里所有的工作都移交给周小宝，过年前完成交接。最恶心的是，他竟然还怕我不老实交接，命令我写一张交接清单给他看。

事情发展到这个地步是谁也没想到的。刘博非常生气，他根本想不明白自己输在了哪里，而事态的发展也根本由不得他想。这场高位争夺战赶在农历新年前画上了句号，令人措手不及，谁输谁赢已成定局。

▶ 职场技能 · Get ✔

　　当收到与己无关的告密函之类的邮件时，千万不要转发邮件，看完删除；千万不要参与讨论邮件的内容；千万不要向任何人打听告密者究竟是谁，好奇害死猫。

29 魔都相亲记 _

　　经历了大起大落，我整个人都恍恍惚惚的，稀里糊涂中，春节过了一大半。我终于去见了程子琳，她得意地告诉我，她已经跟冯李仁谈恋爱了。我替她高兴，同时又很担心她，她曾经一心一意想要嫁入豪门，冯李仁是她看不起的小职员，这段感情她肯定不会太认真。我劝程子琳要珍惜眼前人，不要以为自己还年轻、条件好就挑三拣四，到最后一定会后悔的。程子琳不以为然，她说："和有些人能过一辈子，和另外的人就只能过一阵子，我和冯李仁就属于第二种。"

　　我摇摇头，不知道该怎么劝她，因为我自己，无论是事业上还是感情上，都是失败者。过完年就要被派到长沙工厂去了，我不知道该怎么跟我妈说。程子琳听到这个消息也很意外，她对我的感情倒是很深的，嘱咐我去了长沙要注意身体，少吃点辣的东西，最后我俩就差没抱头痛哭了。一想到去长沙，我的心就拔凉拔凉的，想当初我是怀着感恩的心想报答一下曾经帮过我的刘博，却被打入十八层地狱。看来感情用事就会做出错误的判断，在职场上，没有恩怨，只有输赢。

我自以为是职场达人，在奢侈品公司如鱼得水，到了工业化的 T 公司，我的那一套完全行不通，最后被卷入了自己不擅长的男人间的斗争，而且一败涂地。

除了工作不顺利，还有一件事也令我十分糟心。我的表哥、表姐都在大年初一的家庭聚会上宣布婚讯，众人的目光立刻聚焦到我的身上，七大姑、八大姨问长问短，然后就是恶俗地要给我介绍对象。我一口回绝，但是在桌子底下被我妈狠狠地踩了一脚。她不满地怒视着我，一口答应下了那些人给我安排的相亲。

原本计划好的事情全部被打乱了，去长沙前的最后一个假期，我开始了我的魔都相亲之旅。

第一个相亲对象是我阿姨给我介绍的，我们称他为小胖吧。小胖是邮轮公司的销售，我们约在了我家附近的星巴克。如果聊不来，那坐一个小时就可以撤了。一起吃饭的话，起码要两三个小时，我可受不了。其实我不太喜欢销售，感觉就是西装笔挺，到哪儿都一副毕恭毕敬的样子，无论哪个客户都是他大爷，但是我阿姨的推销手段实在高明，她说小胖爸妈都是老师，家里房子三套，是不可多得的结婚人选。

当我在星巴克见到小胖的时候，我暗想，叫他小胖真的是便宜他了，他足足有两个我那么大。我个人不喜欢胖胖的男生，所以不能接受。

一开始感觉小胖人蛮谦和的，但是两人共同话题不多。我虽然不能号称环游过世界，但因为一直都在外企，还算见多识广。小胖是典型的魔都人，井底之蛙。聊着聊着，小胖开始暗示我了，先聊了聊名下的房产，然后问我喜欢坐摩托车吗，他说他自己开摩托车。我问他，开摩托车不是很危险吗？

他得意地抖了抖脚，说："我有车，但我觉得开摩托车更潇洒，我的摩托车是哈雷，价格相当于一辆大众汽车呢！"

我点了点头，敷衍道："哦，那你的条件真的很不错，你对另一半有什么要求吗？"

他看了看我，两眼放光，说："没什么要求，想工作就工作，不想工作就在家里待着。我们家不缺钱，长得干净点，工作别太忙，就可以了。"

完全是没有追求的人哪，我无奈地想，在心里把他打入了十八层地狱，但还是要给我阿姨面子，我问他："那如果女方工作很忙，还很有事业心呢？"

"这样啊，那可能不太适合我。我最不喜欢那种自以为是的女强人了，什么外企白领，每个月就赚那么几千块讨饭工资，还自我感觉良好……你应该不是这样的吧？"

我打个哈欠，时间差不多了，无聊的对话到此为止。我站起来，微笑道："谢谢你的咖啡，我还有事，先走了哦。"

小胖不知道自己为什么就出局了，他一愣一愣地站起来，说："这么早就走了？我还想约你晚上去吃南翔小笼包呢！"他一副垂涎欲滴的样子。

"我有个同事是开南翔小笼包店的，南翔一条街上的小笼包店全是他家的，你要去吃的话，我让他给你打折，再见。"说完我头也不回地走了。

第一个相亲对象，失败。

第二个相亲对象是我舅妈介绍的，据说是官二代兼富二代。本来我也百思不得其解，这样的抢手货怎么轮得到我，所以在见他之前，我已经把他设定为一个长相欠佳的少年。翻遍他的朋友圈都没有照片，这更加确定了我的猜想。

见到他之后我的下巴都快掉了，他长得很斯文，一点也不难看，让人大跌眼镜。我有点尴尬地问他："像您这样的人，为什么还要相亲呢？"他稍作解释，我记不清了，总之大意就是工作太忙，没有时间交女朋友。我没有全信，后来他在细微举动中暴露了一点问题。

怎么说呢？应该是女人天生的直觉吧，有一个时刻我们两人的手无意中碰了一下，我倒没怎么在意，但是他下意识地抽回了手，还略有不悦……我毕竟有过在 L 公司的"高大上"的经历，于是心中有数。为了证明自己猜得没错，我决定问他一个问题："哎，我周围的好多女孩子都嫁去做同妻了，还有很多人是形婚，你介意形婚吗？"

他似乎被我的问题击中了，抬起头看了看我，那眼神似乎是要研究什么。我挺了挺胸，一脸的不屑。

半晌，他的眼神黯淡下来，充满挫败感地说："我真是服了你了，这种问题这么直白地就问了出来，像你这样的女孩子，估计全上海找不到第二个。好吧，我不想瞒你，我对女人没兴趣。"

"哇，竟然被我猜中了！"

他高深莫测地笑了："你是怎么猜出来的？你是 Les（女同性恋）吗？"

"切，才不是！女人的直觉都是很准的啦，再说你的名字也太装了，竟然叫 Oscar，正常男孩子怎么会取 Oscar 这个名字呢？"

第二个相亲对象，失败。

▶ **职场技能 · Get** ✓

　　感情用事就会做出错误的判断，在职场上，没有恩怨，只有输赢。

30 长沙与阿拉丁神灯 _

一眨眼春节结束，我开始收拾行李，这一去，没有两三个月是回不来的。几乎装了一整箱的衣服，我编了一个故事，没有把真相告诉我妈，怕她担心。

当我在虹桥机场的星巴克喝着咖啡、抖着脚的时候，我看到要跟我一起去长沙的小伙伴们狼狈不堪地拖着箱子、背着双肩包从远处走过来，忍不住笑了，第一次觉得自己的人生也不算太差。

跟我一起被发配长沙的人是项目经理刘博、采购陆鸣、工程师宋瑾和小崔。我在心里呐喊："牛蛙，我来了！"

那句话怎么说来着，一入职场深似海，从此节操是路人。

　　简单来讲，我在长沙工厂的生活和工厂女工没有任何分别。飞机降落的那一刻，刘博已经给我们分配了任务。工程师宋瑾和小崔负责检测样品，解决产品设计的技术问题；陆鸣则负责盯着供应商把生产样品所需要的零部件按时送过来；而我呢，说得好听点是样品协调员，其实就是打杂的，对技术一窍不通的我每次听到他们几个讨论技术问题就只能发呆。百无一用是文科生啊，我在心里暗暗感叹。

　　陆鸣忍不住嘲笑我，他说："你在上海的时候不是很神气吗？现在怎么像蔫了的花一样，眼神空洞，无精打采。"

　　"你给我死一边去！真搞不懂，明明是揭发 Tommy 的不良作风，怎么到最后反而帮了他呢？最冤的人是我，什么也没做，莫名其妙就被发配边疆。等我回去，说不定位子也被抢了，我还是找找工作比较实际。"

　　"说你傻你还要装聪明。你支持刘博是没错，但是你要看老板的眼色啊。你难道不知道有个阿拉丁神灯的故事吗？"

　　阿拉丁神灯？什么故事？没听过啊。我摇了摇头。

　　陆鸣一本正经地给我说起了这个故事，其实就是网上在传的一个段子：

　　　　有一次，公司的业务代表、行政职员和经理一起去吃午餐，意外地发现一盏古董神灯。他们抚摩神灯，一个精灵从一团烟雾中蹦了出来。精灵说："我通常帮每个人实现三个愿望，现在只能帮你们每个人实现一个。"

"我先！我先！"行政职员抢着说，"我要去巴哈马开游艇，自在逍遥。"噗！她消失了。

惊吓之后，"换我！换我！"业务代表说，"我要在夏威夷和女按摩师躺在沙滩上，还有喝不完的凤椰汁。"噗！他也消失了。

"好了，现在该你了。"精灵对经理说。

经理说："我只希望他们两个吃完午餐后回到办公室！"

陆鸣看了看我，说："故事讲完了。"

"哈哈哈哈，太搞笑了！这群人太傻了，许这些不切实际的愿望，直接要几栋楼、几千万现金多好啊！"我捧着肚子大笑起来。

陆鸣摇了摇头，说："你太愚蠢了，这个故事告诉我们一个道理：永远要让你的老板先开口。"

我不说话了，陆鸣意味深长地补充道："夏小曼，仔细回想一下，当老 P 找你谈话的时候，你有没有摸清楚他的真正用意？是不是没有等他开口就急着表达你的观点，所以才遭受了流放之灾？我告诉你吧，其实我们采购部都知道，除了你以外，几个小组长都表示支持 Tommy，那帮老狐狸的道行还是比你高得多啊！"

陆鸣说完就走了，我如遭雷劈，待在原地。回忆那天在老 P

办公室里的情景，果然跟陆鸣说的一模一样！当老 P 问我两个人该升谁的时候，我急不可待地陈述了自己的观点，并没有按兵不动、虚心请教他的意思，即使当他暗示我可能部门里其他人并不这么想的时候，我也一意孤行，侃侃而谈。我犯了职场大忌，活该被流放！

不过我的性格还是比较乐观的，眼下都到长沙了，过去的错误也无法弥补了，还是动动脑子把项目做好，争取早点回上海。于是我打起精神，准备开始我的第一个任务，把供应商送来的 C Sample 零部件送到质量检测部，检测有没有问题。没有问题的话就让他们在系统里发放零部件，生产线就能收到零部件，从而投入生产。

听上去不难吧？当初我也以为这无非是当当搬运工，十分钟就能搞定。所以当我在物流部看到堆积如山的箱子时，我理所当然地跟物流部的一个阿姨说："阿姨，我是上海来的，这批物料是我们要检测的零部件，能麻烦你们派人帮忙搬到质检部吗？"

那个阿姨头也不抬："没有人，你看不到我们这里都忙成什么样了吗？你自己搬吧，搬不动就先堆着，等我们有空了会安排搬过去的。"

"阿姨，这批物料挺着急的，能帮帮忙吗？"我口气放软，想采取哀求策略，没想到那个阿姨直接拒绝了我，并且把我赶了出来。

　　我有点郁闷，心里暗暗想：官僚作风！有眼无珠。等我回了上海再好好告你的状！气归气，任务总要完成吧？我想去找刘博帮忙，还没走到他的座位，就听到他的怒吼声，好像在大骂几个项目组的人："你们这帮人什么事都做不了，遇到一点小问题就来找我。我是项目经理没错，但我要你们来干吗呢？是来帮助我的啊。你们不要像幼儿园的小屁孩，被物流部的熊几下就退缩了……"

　　我默默地打消了找他帮忙的念头，再看看旁边的宋瑾和小崔，也都在各忙各的，只有我显得与当下忙碌的环境格格不入，像废人一样。

　　我不由得叹了口气，觉得自己在长沙的生存空间堪忧，没有项目工作经验，在这里连个实习生都不如，一切都要从头来过。我开始在网上查找与项目管理有关的资料，包括如何协调人力及物力。我知道在工作中遇到难题必须自己解决，而不是等着让同事来教你，不然怎么有人说职场就是一所学校呢，一张白纸必须被染黑才能毕业。

　　加油吧，夏小曼，别被人看扁！我对自己说。

➤ **职场技能·Get** ✔

永远要让你的老板先开口。

蜕变，华丽转身

Chapter 3

蜕变，华丽转身

/

/

/

一年后的某个周末，闲来无事，我又晃晃悠悠地去了 Summer's Coffee，照例点了一杯热拿铁，满足于阳光的温暖，心情明朗。

31 初见老朋友 _

之前刘博带我参观过长沙工厂的各个部门，许多部门的领导都客套地说："哟，你是上海研发部老 P 的助理啊？不得了啊，你这是微服私访啊，咱们工厂可是一座小庙，上海小姑娘娇生惯养的，肯定待不惯呢！"总感觉他们话里有话，反正对我不是很友善。连物流部那个阿姨也是，听到"上海来的"就板起脸，不知道怎么回事。我决定去小卖部买几瓶饮料分给大家喝，既然什么也干不成，那就卖乖吧。

说是小卖部，其实非常简陋，无非就是卖几瓶饮料和泡面、小吃，品种很少。在我前面有一个男人穿着做工考究的衬衫，显得与这里的环境格格不入。他的声音非常好听。他买了一罐冰可乐，买完就直接打开喝了。到我买的时候又遇到了问题——原来这个小卖部是隶属于食堂管理的，只能刷食堂的卡或者员工卡，不能付现金，我为难了。我没有长沙的卡，付不了钱。

"我帮你付吧，你之后还我钱就行。"站在旁边喝可乐的男人看出了我的尴尬，帮我刷了卡。我瞥到他的员工卡，上面赫然写着"林以夏"三个字。真是踏破铁鞋无觅处，得来全不费功夫啊。我激动地叫了起来："喂！是我！我是夏小曼啊，当初是你介绍我来 T 公司的，还记得吗？"

"夏小曼？是你？没想到你真的来了！"林以夏也一副不可思议的表情。他跟我想象的几乎一模一样：短短的头发、干净的脸，很瘦，典型的知识分子模样。

"搞什么啊？原来你在长沙。我进 T 公司已经快八个月啦，一直没有见到你，在 Outlook 里也搜索不到你，怎么回事啊？"

林以夏笑了，露出洁白的牙齿，他说："我去年接受了内部调岗，被派到长沙来了。这个分公司是刚成立的，属于独立性质，当时不在 T 公司的组织架构里，所以你找不到我。"

我恍然大悟，难怪一直没见到他，原来是这样！林以夏算是我的贵人，如果没有他，我可能不会来 T 公司。俗话说"塞翁失马，焉知非福"，想想自己现在的处境，心情不由得低落了一下。

"小曼，你来长沙多久啦？是不是还没有到处玩过？改天我带你逛逛吧！"

我强打起精神，问他："对了，我来了长沙，总是感觉这边的人对我不是很友善，你知道是怎么回事吗？"

林以夏看起来被我的问题难倒了，他思索了一会儿，看了看四周，确定没有认识的人，这才对我说："不瞒你说，长沙这边确实有点问题。公司的几个项目组总是互相抱怨，长沙觉得上海拿了太多好项目，上海又觉得长沙产能不高，不该拿好项目。其实吧，长沙还是有一些优势的，比如工厂一体化啊、便于管理啊，上海最大的优势就是离客户近，客户全部在上海。"

我似懂非懂地点了点头，心想难怪到处碰壁，大家都给我小鞋穿，原来背后还有这般复杂的内幕。

回办公室的路上，林以夏又叮嘱我："小曼，你刚来这里，凡事都要低调。我听说，公司近期会派几个德国的大老板来视察，大家都自顾不暇，在这个节骨眼上，你可千万别添乱，一定要先安全渡过这一关。"

林以夏的这番话让我吓了一跳。我只能向陆鸣打探消息："听说公司会派德国的领导来视察工厂及项目，是真的吗？什么时候来啊？你得到风声没有啊？"

陆鸣打开我买的可乐，一口气喝了一半，慢条斯理地说："怎么啦？你买个可乐怎么就开窍啦？知道向我打探消息了？"

"哎，你别说，买个可乐收获可大了，我遇到了我的贵人！"
我得意扬扬地说道。林以夏肯定是个不小的官儿，既然他当初把
我忽悠进公司，就要对我保驾护航呀，所以他是我的贵人。

"不会吧？"他的脸都绿了，狐疑地说，"遇到谁了？不会是邵
斌吧？"

"邵斌"这两个字像咒语一样，我马上板起了脸："你什么意
思啊？为什么你总要提到他？有病是吧？有病治病，别来烦我！"

陆鸣冷冷地看着我，说："你这么激动干吗？你们到底为了什
么事分的手啊？每次问你，你都打哈哈。"

我可不想把我的隐私全部泄露给陆鸣，更何况还牵涉到另外
一个员工，这种桃色纠纷传出去会一发不可收拾。我简单地说：
"陆鸣，这个话题能否到此为止？"

我严肃的表情让陆鸣感觉自讨没趣，他不再追问。情商高的
人确实不一样，他迅速转移了话题："对了，你搞定 C Sample 零
部件了吗？质量检测通过没有？"

"我搞不定，这里的人都是刁民。"我愤愤不平地回答。

陆鸣哈哈大笑。他带着我去物流部，边走边说："一会儿你就
瞧着吧，多学着点知道吗？不要整天瞎想一些男男女女的事情，
把工作做好才是关键。"

我就不信他能搞定物流部的人。到了那里，我冷眼旁观，等
着看他的笑话，结果令我大跌眼镜。陆鸣一见到那个很凶的阿姨

就勾肩搭背的，嘴巴像抹了蜜一样："陈姐，这批物料很急的嘛，拜托你帮帮忙呀。这个小姑娘是刚来的助理，不懂事，你别跟她计较。"

那个陈姐对陆鸣的态度跟对我的态度简直天差地别，她从座位旁的抽屉里拿出一张纸，麻利地填写好，签个字，就招呼一个助理模样的人过来把单子拿走。她吩咐道："这批东西是上海项目组的，你把零件号输进系统，让工人搬几箱到质检部检测……"

技术方面的东西我也听不太懂，总之只花了几分钟时间，这件事就搞定了。我目瞪口呆，心服口服。陆鸣特意向陈姐引荐了我，陈姐是工厂的老员工了，谁都要敬她三分。看得出来，陆鸣跟陈姐的关系不错，换作我，她是绝对不会给我紧急处理零件的。接下来，陆鸣几乎不费吹灰之力就让质检部的老大给他加急检测了那批东西，情况和陈姐差不多，反正一看就是平时"打点好"的关系。

我问陆鸣该怎么讨好工厂的人，陆鸣告诉我两个字：走心。

于是我也经常买一些饮料啊、零食啊送到物流部和质检部，没事陪他们聊聊天、唠唠家常，混熟以后，办事果然方便了许多。他们都不再刁难我，有时还主动帮我解决问题。说实话，我应该好好谢谢陆鸣。我提出请他吃饭，他表示不如大伙儿一起聚餐，也叫上物流部和质检部还有生产线的几个领导一起，让刘博请客。

反正项目经费还有很多，招待费我们几乎没动过，聚一次餐是完全合情合理的。

➤ **职场技能・Get** ✓

平时要注意打点关系，关键词：走心。

32 我在长沙的"三点一线"_

　　我对长沙完全不了解，陈姐给我推荐了一家餐厅，叫"秦皇食府"。大伙儿下了班都陆续过去，我实在打不到车，最后坐着小摩的去的，弄得满脸都是灰。自从去了长沙，整天都在工厂里跑来跑去，我已经很久没化妆了，每天穿着皱巴巴的衣服，也不讲究外表了。

　　除了生产线的一名领导还没到，其他人都很准时。作为项目经理的刘博刚想发言，那个姗姗来迟的领导就来了，他还领了个人。等我定睛看清楚那个人，真想挖条隧道爬回酒店！林以夏！来的人居然是林以夏！我觉得自己穿的实在是太难看了，有点尴尬。

　　林以夏倒是一点也没有注意到我的窘态，他笑着跟我打招呼："夏小曼，没想到你也在。"

　　我尴尬地笑笑，帮他拉了张椅子，示意他坐我边上。

　　那位领导见我和林以夏认识，挺吃惊的，说道："原来你们认识啊，那我就不介绍了。刘博，这位是林总，上海派来的高管啊，年轻有为，我们长沙可就指望他帮我们向总部要资源、要项目啦！"

　　刘博一听是高管，马上向林以夏敬酒，其他人也你一言我一语地开始了晚餐。林以夏坐在我旁边，时不时体贴地帮我夹菜，让我很不自然。陆鸣显然注意到了我跟林以夏的关系不一般，他旁敲侧击地说："小曼，看来你跟林总很熟啊，你怎么不早点介绍林总给我认识呢？"

　　林以夏一听这话便掏出名片跟陆鸣交换。在 T 公司，即使大家都是内部员工，有时也会交换名片，这是一种礼貌。

　　"哦，我去年刚派过来的，所以你可能没见过我。"林以夏看了看陆鸣的名片，"你是采购部的对吗？那你跟小曼一样，也是从上海过来的？那几位呢？"他指的是宋瑾他们。

　　宋瑾和小崔马上放下筷子，走过来毕恭毕敬地递上名片。我看着他们的样子，觉得很好笑。不知道林以夏到底是多大的官儿，能让他们这么趋之若鹜。

　　林以夏见我不停地吃牛蛙，忍不住说："我看你整晚其他菜几乎没碰，就光顾着吃牛蛙了，牛蛙吃多了不好。"

　　吃饭时大家都在互相吹捧，有的则向林以夏打听德国视察队什么时候到长沙。我自己无聊了就玩玩手机，不过很快就被陆鸣的警告眼神吓到，赶紧收起手机。我端起酒杯豪爽地说："各位领导，这次我们的项目全靠你们几位了，我们都是从上海来的，对长沙的流程不熟悉，还请大家多多关照啊！我先干为敬！"

　　大家看我喝酒一点也不含糊，便纷纷向我灌酒。酒足饭饱后，大家都开始胡言乱语、称兄道弟。这顿饭以后，我们跟这帮人的关系可谓迈进了一大步，项目的进展也越来越顺利。我逐渐适应了在长沙的生活，天天吃香的喝辣的，脸上都起了痘痘。我把在长沙遇到林以夏的事情告诉了程子琳，她误以为我对林以夏有意思，还对我说了一句意味深长的话，她说："你总是这样朝三暮四的，有人会不高兴的呀。走了一个，又来一个，你还是收敛点。"

　　莫名其妙！我觉得程子琳自从谈恋爱以后，整个人就变得怪怪的。难道她想暗示我陆鸣喜欢我？不会吧？一直以来他都没有任何表示，我还觉得他跟工厂的一个实习生走得挺近的呢，两个人整天嘻嘻哈哈的，他怎么会喜欢我呢？我觉得是程子琳想多了，不以为然。

　　德国视察队快到了，整个工厂陷入了一种疯狂的忙碌状态。我听他们说，每次德国那边来审查项目，总是能找出不少问题，很多人因为项目通不过审查直接被开除。我越听越害怕，一遍又一遍地检查项目文档。刘博给我们每个人都分配了任务，而我的任务就是管好项目文档，给每个文件编号。审查的时候，审计员要哪个文件，我就要在第一时间拿出来，并且对关于文件的每一个问题都要回答得上来。听起来不难对不对？要真这样想，那你就错了。要知道，项目文档本来是项目经理保管的，刘博给我的那些文件只能用四个字来形容：残缺不全。

　　所以第一步就是要补齐文件。为此，我来来回回地跑物流部、生产线、质检部，"三点一线"。拿到文件再去签字、盖章。一天到晚就这样来来回回地跑，几乎跟各大部门的主管秘书都混熟了，有时候送点零食过去，也能嗑着瓜子聊上几句了。这一聊还真不得了，原来长沙的工资水平比上海低了差不多一半，但是人家特别稳定。为什么？因为跳槽的话也都差不多，除非你去一线城市，上海啊、深圳啊、北京啊。

　　生活就是这么不公平，当你和别人干着一样的活儿的时候，却不知道别人比你多拿一倍的薪水。长沙人民总的来说还是很纯朴的，并没有向我打探我的薪水，但凡事都有例外，这纯朴的人中间必定有复杂的人，比如我们这个项目组的秘书陈宜。她是土生土长的长沙姑娘，去德国留过学，所以心气特别高。她一直都想转岗，但是屡试屡败。我们刚来长沙的时候，她对我们客客气气的，所以我也没有太在意，但是这些日子我跟别的秘书聊得多了，竟然每个人都跟我说一定要提防她，所以我就开始关注她了。陈宜颇有姿色，但打扮跟萧萧是没法比的，不过她是个厉害人物，据说她的前男友是客户那边的，后来分了手，她也还是春风得意。

　　那天在食堂吃午餐，陈宜端着餐盘走过来加入我们，我觉得她的目标是陆鸣。果然，她旁敲侧击地向陆鸣打听一些私事，两人相谈甚欢。刘博朝我眨了眨眼，表示要先撤，我也赶紧识趣地站起来。刚走到外面，陆鸣就追了上来："喂，夏小曼，你干吗？饭都没吃几口怎么就走了？"

　　"大哥，我这叫识趣。人家陈宜特地过来找你，我给你创造机会，当然要退避三舍啦！"

　　陆鸣摇摇头："大姐，那个不是我喜欢的类型，拜托你下次问问我的意思再创造机会行不行啊？"

　　我观察了一下陆鸣的神色，觉得他横竖都不像是喜欢我的样子。对待感情我是一个后知后觉的人，而且可谓屡战屡败。以前在 L 公司，因为太忙，也只匆匆忙忙地交往过一个不太适合自己的公务员。因为我常常加班，后来他爆发了，对我说："我情愿娶一个没有工作、在家给我做饭的老婆，也不愿意跟你结婚，每天等你下班等到得胃溃疡。"我对他还是有点歉意的，于是平静地接受了分手。

▶ 职场技能·Get ✔

　　在饭桌上不能自顾自地玩手机，要多与人"沟通"，表现要豪爽、大气。有时候饭桌是拉近关系、推动项目进展的平台。

33 突如其来的重逢 _

　　德国视察队终于在一个下着暴雨的下午到达了长沙，我把以前面试时穿的衣服也翻了出来，穿得非常正式。那帮德国人清一色拎着 Rimova[1]，我一一跟他们握手。等看清楚站在最后面的男人时，我感觉到一阵眩晕。那个男人朝我微笑了一下，他瘦了很多，沙哑地说："嘿，还好吗？"

　　是邵斌。

　　我的大脑高速运转，想出了无数个可能性，最后我否定了邵斌是专程为我而来的想法。我看着他从容地与每一个人握手交

1　日默瓦，德国高级旅行箱品牌。

谈，礼貌且克制，那就是我记忆里他的样子，节制、有分寸、沉稳。我的心沉了下去，过了这么久，自己还是没有释怀。陆鸣已经知道邵斌的身份，他皮笑肉不笑地说了一句："邵总，久仰大名。"我马上用手肘捣了他一下，心里很生气，怕他说出什么不该说的话来。

　　整个下午我们这帮人就泡在会议室里。刘博作为项目经理，先介绍了整个项目的现状，然后就是解决技术问题。德国专家一个接一个地提问，宋瑾和小崔都竭尽所能地回答。邵斌不知道是不是故意的，提了一个对于采购的质疑，陆鸣叽里呱啦地解释了一通，也过关了。最后到我了。我打开很厚的一沓文件，没想到文件夹居然坏了，一弹，文件散得四处都是，我慌里慌张地蹲到地上去捡。邵斌也蹲了下来，帮着我捡。我遭到了刘博的白眼，用了大概五分钟，终于把文件整理好了，但是顺序全都乱了！我急得满头大汗，邵斌挺身而出为我解围，他提议："大家坐了十几个小时的飞机，想必都很累了。要不先喝杯咖啡，顺便四处转转？"德国人也不是铁打的，长途飞行的疲劳使他们渴望喝一杯纯正的 Espresso[1]。就在这个间隙，我重新把文件整理好，等大家再回来的时候，一切都准备好了。我感激地看着邵斌，他朝我微笑了一下。如果时间能够凝固在这一刻，我很想告诉他，我一直都没有忘记他。

　　1　特浓咖啡。

　　我们的项目最终顺利通过了审查，走出会议室的那个瞬间，整个人都轻松了，但是也有一种淡淡的失落，之后的事情与我无关了，是不是代表我不会再见到他了？就在这个时候，陆鸣凑过来，八卦地问："怎样？采访你一下，见到旧情人有什么感想？"

　　我马上扯开话题："喂，陆经理，我下个星期就要过生日了，你给我准备礼物了吗？"

　　他想也不想地说："你的生日关我什么事，我为什么要给你买礼物？你找刘博要两百块项目经费自己去买。"

　　"两百块？两百块怎么够啊？还不够买块手帕呢！"

　　陆鸣有点嫌弃地说："能买块手帕就不错了。那你还想要什么？难道要爱马仕吗？"

　　我说："我要 Chanel 的包，能让刘博拨两万块项目经费给我买吗？"

　　"做白日梦呢你！真搞不懂你们这些女生，整天 Chanel 啊、LV[1] 啊，什么玩意儿！在我们采购看来，那些东西就是批发价不到一百，靠广告忽悠人的商品。"

　　"你到底懂不懂啊？这些东西是生活品质的体现。什么批发价不到一百，我看你是太小气了，难怪没有女朋友。"说完我就气呼呼地走了。其实我也不是真的想要什么名牌包，只不过跟陆鸣开个玩笑。名牌包在工厂里背根本没意思，没人认得出，不知道的

────────────

　　1　路易威登（Louis Vuitton），创立于法国巴黎的奢侈品品牌。

还以为是山寨货，不如背个书包算了。

邵斌他们足足在长沙待了三天，把长沙的项目挨个审了个遍。长沙的领导们很重视这些德国高层，要举办隆重的欢送宴会。陈宜自告奋勇来组织这个宴会，于是我几乎每天都看见她打扮得花枝招展的，不是缠着陆鸣，就是缠着邵斌……这两个人似乎也都没有要拒绝的意思。

举办欢送宴会的那天早上，我特意早起，想了想还是精心打扮了一下，翻出一件 Chloé[1] 的连衣裙，把每天背的书包也换了，结果到了公司被大家吐槽，说我打扮得过于隆重。宴会地点选在了长沙最高级的五星级酒店。吃饭的时候，邵斌坐在主桌，我远远地看到不断有人上去敬酒，他则应付得恰到好处。林以夏特意走过来跟我打招呼，见我一直望着远处，顺着我的目光，他知道我在看谁了，忍不住揶揄我："嗯，确实一表人才，气宇轩昂。需要我领你过去认识一下吗？"

"啊？不用，不用。"我连忙摆手。林以夏突然发起了神经，他说："走吧，我们去敬酒，很多领导不是你平时能见着的。"我只好硬着头皮跟着他过去，刚走过去就看到邵斌盯着我，我只能避开。

"各位领导，希望大家吃好喝好，有机会再来长沙。"林以夏说着一口流利的英语。他朝大家举杯，结果没有人买账，德国人

1　蔻依，法国著名时装及奢侈品品牌。

都把焦点放在我身上，询问我是谁。我刚想回答，邵斌抢着说：
"你们不认识啦？她就是那天那个项目的夏小曼呀，你们不是都说
她思路很清晰吗？"那些德国人啧啧称奇，夸我换了裙子、化了妆
之后非常美。我被他们夸得不好意思了，连喝三杯酒，喝得东西
南北都分不清了。后半场我基本上都在神游，林以夏提出早点送
我回去，我像找到救星一样跟着他出了会场。我站在大堂等他取
车，电光石火间，我被一个男人拉进了怀里，我拼命挣扎，刚要
大喊大叫，对方说："别动，是我。"

　　我定睛一看，是邵斌。我不挣扎了。邵斌把我带到了他的房
间，原来他就住在这家酒店的顶层。我知道接下来会发生什么事，
心里一直在犹豫，要拒绝吗？要拒绝吗？要拒绝吗？邵斌看着我，
一句话也不说，我感觉气氛尴尬，快要透不过气来了。这时我的
手机响了……是林以夏！

　　我颤颤巍巍地接起电话："喂？哦，我……我有点事，你先
走吧。"

　　还没等林以夏说话，邵斌就按掉了电话，把手机扔到一边，
气势汹汹地质问我："我去德国后，你究竟有没有想过我？你知道
我多么想你吗？"还没等我回答，他的吻就铺天盖地地压了下来，
在他熟悉的气息中，我根本无力挣扎。身体是诚实的，更何况还
有酒精的作用……激情来临前的最后一刻，我的脑子里只有一个
念头：我还是无可救药地喜欢这个男人。

　　"饭后运动"和酒精并没有让我睡得特别好，我做梦了，梦见自己穿着灰暗的衣裳坐在一条小船上，穿越过无数的海峡，最后来到一座城市。

　　彼岸美景，永生荒境。这是一座孤独的城市，一个中年男人牵着一个小女孩向我走来，我认出来了，那是爸爸！

　　我张了张嘴，想喊爸爸，想问他究竟去了哪里，是不是不要我了。

　　但是所有的画面飞快地向后退去，我根本来不及说话。最后的画面我看清楚了，爸爸牵着的小女孩根本不是我！二十几年的希望，一秒就崩塌。我几乎是哭醒的，坐了起来。

　　邵斌被我惊醒，赶紧抽出纸巾给我擦眼泪，他紧张地问："怎么了？"

　　我摇了摇头，轻声回答："做噩梦了。"

　　他用手摸了摸我的头发，温柔地说："别怕别怕，我在这里。"

　　我认真地望着他，说出了心里的疑虑："James，你会离开我吗？"

　　"不会。"

　　早上醒来的时候，邵斌已经走了，房间里空荡荡的。我翻了翻柜子，发现他的衣服和其他行李全部都已经拿走了。哦，我记起来了，他要回德国。原来美好终究是要退散的。我无助地坐在地上发呆，突然看到床头柜上放着一只盒子，我拿过来，撕掉外包装，里面是一支万宝龙的笔，还有一张字体霸气的字条：这是你的生日礼物，我会处理好一切的。James。

　　我握着这支笔，发现上面镶嵌了一颗红宝石，闪耀着晶莹、高贵的光。

> ▶职场技能·Get ✓
>
> 　　姑娘们，参加商务晚宴之前，请精心打扮自己。男士也一样。美国调研报告显示：外表好看的人普遍比外表不好看的人工资高30%，这额外的30%买的是情绪价值，外表好看的工作者会让人赏心悦目。

34 从朋友到恋人有多远 _

邵斌和那帮德国人回去了，刘博放了我们一天假。陆鸣提议带我去吃好吃的，顺便逛逛景点，也算不枉来此一遭。他带我去了岳麓书院，一路上叽里呱啦地给我介绍，但我的心思还停留在邵斌的那张字条上，反复琢磨着他的意思。但邵斌这一去没有一点音讯，我气呼呼地想，就当是喝醉酒一夜情了，没什么大不了的。

陆鸣是个聪明人，他看我魂不守舍的，便问我："怎么啦？在想什么？你是不是还忘不了那个男人啊？"

我也不想否认，坦白地说："我确实是在考虑我跟他的事。"

　　"你们不是分手了吗？他这次回来找你了？"

　　我点了点头，具体细节我当然不会告诉他。

　　这时陆鸣从包里拿出一个 Chanel 的袋子递给我，诚恳地说："Chanel 的包我暂时送不起，这是一瓶可可小姐香水，你要就拿着，不要扔了也无所谓。"

　　我一头雾水。当初完全是跟他开玩笑的，他怎么就当真了？我不知道该不该收下，没有伸手去接。陆鸣用一种认真的口吻说道："希望今年我能陪你过生日，忘记过去不开心的事情。"

　　我立刻明白他意有所指了，没想到程子琳的暗示是对的。我说："陆鸣，你的礼物我收下了，但是有些事情，比如我们的关系，不是你想的那样，或者说，不是你预期的那样。我一直都把你当作最好的朋友，你明白吗？而且我真的一直都不知道你的想法，我觉得你平时总是玩世不恭的，跟许多女孩子都走得很近，我……"

　　"我也以为我们的关系会水到渠成。我虽然没有开口说过，但是我对你怎样，你难道不清楚吗？算了，你不用急着答复我，考虑一下吧。"

　　这段小插曲令我跟陆鸣之间的气氛变得尴尬极了，整个晚上，两个人都躲躲闪闪。说实话，我对陆鸣从来没有动过歪念头，我一直都当他是好朋友。也许就是因为毫无距离，男女之间相处久了，感情升华到了暧昧的地步，我因为心有所属没有察觉，陆鸣则往前走了一步。

比起邵斌，陆鸣是不是更适合我呢？这个问题盘桓在我心里好几天，不知道该向谁倾诉，我只好打电话给程子琳，结果被程子琳一顿戗："这有什么好想不明白的啊？你白痴呀，他如果不喜欢你，整天教你这、教你那的，他吃饱了撑的呀？就你看不出来，我和冯李仁早知道了。你说，他把你背下雪山那股劲儿难道不是真爱的力量吗？我可背不动你，给我增肥十斤，我也不行。再说了，他哪里比不上你那个帝国理工啊？你那个帝国理工绝对是跟你玩玩的，脚踩两只船，最鄙视这种人了！如果你非要一头撞死，就别给我打电话了！"

我也不是不知道陆鸣对我好，但是有些事情真的无法勉强。这件事把我折磨得整个人都瘦了，晚上老是做一些怪梦。有一晚我梦到自己穿着 Vera Wang[1] 的婚纱，在亲友热泪盈眶的注视下，跟新郎交换戒指。我不知道新郎是谁，好奇地揭开头纱望去，竟然是陆鸣！老天！我一下子就惊醒了，坐了起来，再也睡不着了。我倒了杯水压压惊，在心里问自己：能接受陆鸣吗？婚姻不就是搭伴过日子吗？喜欢、不喜欢，或者没那么喜欢，这些根本就不重要，重要的是合适。在合适的时间遇到合适的人，就一起呗。我试着说服自己……

双休日我去书店挑书，打算买几本畅销书消磨时间，结果出

1　著名婚纱品牌。

了书店就撞见林以夏。他穿着白色纯棉衬衫，一身休闲打扮。他走过来，对我买的书特别感兴趣，翻来翻去。

"这么巧啊？一起去喝杯咖啡吧，我请。"我对他说。

"好吧，但我没有让女孩子请客的习惯哦！"他笑嘻嘻地说。

我们选了一家很小资的咖啡店，长沙有太多这样的小店了，全都别有一番情调。我要了一杯拿铁，林以夏要了一杯美式，他皱着眉说："这咖啡豆一般，可能是放的时间久了。"

我倒是喝不出什么差别。在这样舒服的环境中，整个人都放松了下来，我忍不住把我跟邵斌和陆鸣的事告诉了他。当然，我没有用第一人称，而是以第三方的口吻把整件事情讲给他听，从侧面问他该做出怎样的选择，是忠于内心，继续等待，把爱情交付给命运，还是接受一个合适的人，把爱情交付给自己。

林以夏没有直接回答我，他说："我也给你讲一个故事吧。2008年雪灾，全国的列车班次都受到影响。当时男生是一个跨国集团的销售，赶着去武汉出差，好不容易买到票，车却因为受到雪灾影响迟迟不来。男生怕错过列车，不敢走开，一个人等在车站。等啊等啊，一个女孩子走了过来，拜托他帮她看行李，她说她想去上厕所，已经憋了好几个小时了。"

我听得几乎入迷了。2008年我还在读大学呢，隐约记得是有过这么一次雪灾。

林以夏接着说："等她回来，男生也想上厕所了，顺便去打探下消息，于是他们轮流帮对方看行李。就这样，他们竟然在火车站等了三天三夜。刚开始他们拼命地找话题，但聊着聊着，话题越来越多，到最后，男生的车来了，他却不想走了。"

"什么？太不可思议了！"我惊叹道。

"嗯，最后男生没有上车。"林以夏的表情里有一丝怀念，他整个人都沉浸在故事里。我几乎可以确定，他讲的是自己的故事。

"后来呢？"我问。

"后来我们就开始了异地恋，她在北京，我在上海，两个人总是飞来飞去的。她在北京一家投行工作，每天都要加班，有时我打电话过去，她不是在开会，就是在赶报表。她也常常向我抱怨工作压力太大。"这回他直接用第一人称叙述了。

"你们坚持了多久？"

林以夏说："我们在一起有三年多的时间。刚开始确实有过一段好时光，但后来就总是吵架，我不再愿意花时间飞过去找她。2011年的一天，我永远都不想再记起那个日子，微博上铺天盖地地传着北京金融女因压力过大跳楼自杀的消息，刚开始我没在意。"

我的心里有种说不出的恐惧，我瞪着他，害怕他说出我猜测的结局。

"是她，没多久我就知道了。是我不够关心她。那几天我原本想过要飞过去陪她，但三年的异地恋让人没有了激情，我没有去。"林以夏露出懊悔的神情，他看着我，悲伤地问："你说是不是我的错？"

我摇了摇头，对他说："是时光和距离的错，不是你的错。"

我未曾想过，林以夏的背后竟然有这样一段故事。难怪他的身上总是带着一股忧郁的气质，怎么都无法阳光起来。

"所以，无论是把感情交付给命运还是自己，结局都不是你可以控制的。我们每个人的命运都在改变，所以不要在一开始就给自己设定好结局，要懂得随缘。对于爱情，我也是一个失败者，或许我可以送你八个字，希望对你有帮助。"

"哪八个字？"我好奇地问。

"一切从心，顺其自然。"

▶ 职场技能·Get ✔

命运一直在改变，不要一开始就设定结局，要随机应变。

35 再见，长沙 _

也许每个人的生命里都会有那么一两个贵人，就如林以夏于我；又总会有那么一两个遗憾，就如陆鸣于我。

我终于下定决心约陆鸣出来，就在公司附近的小餐馆里。我们点了几个湘菜，酒足饭饱后，我把心里话说了出来："陆鸣，你对我来说真的是一个非常好的朋友，我从来没想过来到 T 公司还能遇到这么一位知音。但我的心里有一个喜欢的人，虽然我不知道我跟他会不会有结果，但我不能骗你，你明白吗？"

陆鸣闷着头喝酒，过了很长时间，他问我："你从来都没有喜欢过我？"

　　我坦白地回答："这个问题我也思考了很久，我现在可以确定，我对你的感情并非男女之情。"我知道我的回答近乎残忍，但总好过贸然开始一段感情，浪费彼此的时间。我不能对他不公平。我也犯贱地喜欢着邵斌，但这是我自己的事情。林以夏的话从某种程度上来说开解了我，让我明白，事业靠打拼，而感情靠的是缘分。

　　果然，陆鸣自此疏远了我，我不能再跟他嬉笑打闹，互相挖苦。一开始，这种强烈的失落感和长沙生活的苦闷让我感觉到双重折磨，白天机械地工作，晚上回到酒店看看电影，但通常都是看着看着就走神。想到刚进 T 公司的时候，神采奕奕的陆鸣走过来跟我和萧萧开玩笑，现在，这两个人都淡出了我的生活。敌人和战友都离开了我，我变得无比寂寞。

　　好在我在长沙跟的项目还算顺利，一切都步入了正轨。虽然我依旧是个打杂的，但是因为很多事情除了我没有人能搞定，我在这个项目中的地位也举足轻重起来。有一回，宋瑾有求于我，我帮她搞定以后她很高兴，问我："夏小曼，你就这样跟着我们做项目，不觉得浪费时间吗？"

　　宋瑾是 T 公司项目研发部的资深工程师，名校毕业，技术过硬。虽然表面和小崔平起平坐，实际上她在项目中的地位要远远高于小崔，所以她时常指挥小崔。

　　我想了想，如实说："我不懂技术，来长沙也是没办法，如果有选择，我还是愿意去做自己更感兴趣的工作。"

宋瑾看了我一眼，她说："你大学毕业三年多了吧？还在做这些没有技术含量的工作，以后很难发展的。"

宋瑾的话戳中了我的痛处。当初选择 T 公司是想在秘书岗位过渡一下，然后迅速转岗去做更有挑战性的工作，再借助 T 公司的平台平步青云。不料自己情商不够，在工业公司施展不开，混了大半年，非但转岗无望，还越混越差。

我虚心请教宋瑾："宋老师，依你看，我该怎么办呢？我对项目啊、技术啊，真的是不感兴趣，读书的时候我一直都是以文科取胜的。"

"别，别叫我老师。其实你的性格很活泼，这一点是你的优势。没有技术背景虽说是障碍，但是依我看，也不是不行。"

宋瑾话中有话，我马上表示请她吃饭，请她指点一下江山。果然，一顿饭吃得很有收获。宋瑾告诉我，像我这样，可以去做项目经理，就像刘博。但因为我没有经验，可以先尝试带一个小的项目。

要不是宋瑾指点，我绝对想不到自己还有这样一条路走。来了长沙以后，我思考得最多的一个问题就是如何尽快回到上海，却没有想到充分利用眼下的资源，先提升一个台阶，等回了上海，也会更有竞争力。宋瑾还说项目经理通常没有技术背景，但是懂得合理分配任务给项目组成员。俗话说，术业有专攻，技术方面的事自然有工程师跟进，不需要我自己太精通，会一点皮毛就足够应付了。

晚上回到酒店后，我上网搜索了一下项目经理的收入，天哪，年薪最少也有三十万！我当即心动了。不过，我距离项目经理……我想，应该比从上海到长沙的距离更远吧。

有了目标，我开始更加卖力地工作，每天都穿梭于生产线、物流部和质检部之间，马不停蹄。就在我忙得焦头烂额的时候，刘博召集大家，宣布了一个紧急消息：客户要亲自来这边考察了！这真是一个要命的事情。我们所有人整装以待，不放过任何一个细节，全力以赴，期待一次性通过 C Sample，然后就可以投入量产了。

刘博在高压下脾气变得相当差，我、宋瑾、小崔还有其他部门的人都挨了骂，倒是陆鸣，在这样的环境下仍然春风得意，没有受到一丝影响。

我开始没日没夜地加班。项目文件错误百出，我一页一页地改，有时候还是通不过，委屈起来真的很想哭。拿起电话想打给程子琳诉苦，又觉得徒劳，只能作罢。林以夏倒是鼓励过我几次，教了我几个办法去解决项目中的一些难题，果然屡试不爽。后来我也时常想，我之所以可以在 T 公司这样的环境下生存，和我的性格有极大关系。我是一个直爽的人，对事业虽然有目标，但是没有太大野心，所以从邵斌、王安娜、陆鸣、林以夏到宋瑾，都愿意指点我、帮我，对我没有防备之心，至今我仍然十分感激他们。

在连续四天的接待下，刘博、宋瑾、陆鸣、小崔和我好话说尽，酒也喝得相当到位了。客户面对几乎挑不出毛病的文件和测试报告，大笔一挥，通过了！

当时我激动得热泪盈眶，按捺不住兴奋，给邵斌打电话。可能因为时差，电话响了很久也没有人接，再一想，给陆鸣发微信也不是很合适，这么一犹豫，兴奋之情荡然无存。总是有许多话想要在第一时间说给最重要的那个人听，但往往时机不对，等到那人来了，当时想要倾诉的那股劲儿也过去了。我对邵斌的感情最后会不会也变成这样？

想来想去只发了一条微信给林以夏，他也很高兴，说庆祝一下。

客户临走的时候对刘博说："你们这个项目组啊，全是人才。这个小姑娘也做得不错，肯定有前途。"

我心里美滋滋的，觉得皇天不负有心人。

很快，好消息来了，我们整班人马因为顺利通过 C Sample，大功告成，可以打道回府了。我开心极了，终于可以回家了，但心里也有一丝不舍。我提前请林以夏吃了顿饭，跟他告别，他递给我一只盒子，我问："是什么呀？"

"嗯，不是什么值钱的东西，一个音乐盒。"

　　"音乐盒？"我饶有兴味地拆了开来，只见一个神情天真的女孩子用手托着腮，她的头顶有一扇窗户，那扇窗户就是开关。我轻轻一扭，音乐便轻轻地流淌出来，是一首略带悲伤的曲子。

　　"我一看到它，就觉得这个女孩子很像你，所以买来送给你，留个纪念。"

　　"像我？不会吧？"

　　林以夏解释道："一半世故，一半天真，这不就是你吗？我很少在职场上看到像你这样的女孩子。丫头，好好努力吧！记住，要做你自己，你是夏小曼。"

　　那顿饭吃得我伤感不已。第二天去机场前，我又跟长沙的同事一一告别，连平时讨厌的陈宜也不例外。

　　在去机场的路上，我才知道陆鸣不跟我们一起回去。我问刘博原因，他慢条斯理地说："哦，他在长沙找了一个采购经理的位置，暂时不回去了。公司明年应该就会把他升到十级，可能再过段时间，他就可以进入管理层了。"

　　我不由得大吃一惊，想到我刚进公司那会儿，陆鸣对我说他要在两年后当上采购经理，我还笑话他，觉得他异想天开，但是他真的做到了！他付出了不为人知的努力，平日里和谁的关系都很好，情商非常高，再加上一股要成功的决心，这些大概就是他成功的原因。我很为他高兴，但是我知道以后在公司里再也见不到他了，心里还是有些难过。想到他为我指点江山的日子，坐在飞机上，我百感交集，刚要拿起手机给他发微信，空姐就走过来严肃地对我说："不好意思，请把手机关机。"

我无奈地把手机关了，广播响起："亲爱的乘客，您所乘坐的东方航空公司××航班马上就要起飞了，请系好您的安全带，保持手机关机，本次从长沙到上海的航班将要飞行两小时左右……"

眼泪无声地滑过我的脸庞。再见，长沙！

> ▶ 职场技能·Get ✔
>
> 充分利用眼下的资源，让自己提升一个台阶，增强竞争力。

36 实习生的野心 _

重回上海，一切如常。老妈发微信来说给我准备了很多我爱吃的菜，程子琳还风尘仆仆地赶来机场接我。她一如既往地美丽，背了新款 Prada[1] 包，穿着 Burberry[2] 的风衣，化着 Bobbi Brown[3] 春夏最新妆容，但这些也没法掩盖她的疲倦。我察觉到一丝不妥，疑惑地问："子琳，你是不是哭过？怎么了？"

她说："没事啦，昨晚熬夜看电视剧，眼睛肿了。"

"快说，到底怎么了？新工作不适应吗？什么看电视剧，想骗

---

1 普拉达，意大利时尚品牌。
2 巴宝莉，创立于 1856 年的标志性英国奢侈品牌。
3 芭比·波朗，来自美国纽约的专业彩妆师品牌，被业界称为"裸妆皇后"。

我啊？你从来不看这些乱七八糟的东西。"

　　程子琳看瞒不住我，就招了："我跟冯李仁分手了。"

　　这才多久呀，我在心里叹息，这两人也太儿戏了吧？我想劝两句，张了张嘴，想一想又不知道该劝什么，便说："那你为什么不早点告诉我呢？我可是一点也不知道啊！"

　　"其实也没什么，合则来，不合则去。他总是那样，没有上进心，得过且过，接到猎头电话也总是回绝。我让他去试试，他说人生不必太累，要及时行乐。我俩的人生观不同，还是别勉强了吧。"

　　话虽如此，程子琳仍然是伤心的，她红肿的眼睛出卖了她。然而她恨铁不成钢，所以去逼另一半，可惜冯李仁这样随性的人是顶不住压力的，两人终究还是分道扬镳。不知怎的，我又有点伤感起来，想到在长沙的两个月，如同做了一场悠长的梦。

　　因为项目的成功，每个人都论功行赏。宋瑾升了一级，陆鸣不用说，我在刘博的大力举荐下得到一块奖牌和内定的"2012最佳员工"，乐得不行。四月底恰逢 T 公司的 Annual Salary Review（年度薪资评估），老 P 在王安娜和刘博的赞扬中给了我 20% 的调薪，高于平均水平 12% 之多。老 P 把调薪单递给我的时候，照例问我是不是满意、还有没有要求，我把头摇得像拨浪鼓似的，感恩戴德般屁颠屁颠地走了。

　　T 公司一年有两次调薪，十二月底那次称为 Annual Performance Review（年度绩效评估），俗称"小财神"。什么意思呢？对外宣称十二月底只做绩效考评和下一年计划，其实是一次暗戳戳的特殊调薪，许多人都不知道，误以为一年只有一次调薪。四月份那次是"大财神"，所有人的薪资都会上调，从3%到30%不等。最少的就意思意思，最多的有30%，一般都是升职的人可以加那么多，再往上加，就要去找吴寒特批了。算下来我进T公司九个多月，"小财神"加了10%，"大财神"加了20%，薪水竟然逼近五位数。对于我这样的人来说，已经是很牛的数字了。我暗暗发誓，一万不是我的终点，一定要继续努力。

　　但是在后来与王安娜的聊天中，我又一次知道了自己"很傻很天真"。原来年度薪资评估除了具备加薪这个功能外，最重要的是调级别，加薪只是数字的变动，级别才真正决定了你以后的上升空间以及高额的奖金。我进T公司的时候是七级，这个级别上的只是再普通不过的员工，如果能升到八级甚至九级，福利待遇什么的就完全不一样了。而我什么也不懂，压根没有向老P提出调整级别的要求，还自以为老P给我的待遇已经是史无前例的了，白白错过了一次天大的机会！

　　我懊恼极了，问王安娜有什么补救的办法，她取笑我说："你这个贪心鬼，刚认识你的时候没发现你有多大的野心，现在才看出来你原来居心叵测呀！我帮了你这么多，以后你上位了可不要忘记我。"

　　"哎，怎么会呢？你快帮我谋划下，等我升到 M1，一定好吃好喝地给你奉上。"

王安娜笑了，她说："我要去德国出差了，等我回来给你好好说说。乖，你先不要轻举妄动。我听说你们部门最近会有一次大动作，你千万要沉住气，小心点。"

又有大动作？我心里一颤，暗暗发誓这次不管谁去抢升职的机会，我都要装傻。问我我就说谁也不支持，反正打死也不多嘴。要不然又把我派到什么苏州工厂啊、武汉工厂啊之类的地方，我真的是要崩溃了。

我只在上海待了几天就发现一个严重的问题，那就是在我去长沙的两个月里，周小宝自己已经把老 P 和部门的事情全都接了下来，她推掉了一部分工作，眼下剩余的工作她刚好能应付。换句话说，这个位置已经不再需要我了。

我从长沙给周小宝带了很多特产回来，她开心极了，连声道谢："小曼姐，你怎么知道我爱吃辣的呀？你对我太好了！"

趁着这个机会，我试探地问她："小宝，我现在回来了，你方便的时候跟我交接一下吧，把老 P 这边的事情丢给我就行了，你还是做你原先的工作，如何？"

周小宝的眼神闪了一闪，她支支吾吾地说："小曼姐，这个我做不了主，我要去问问老板。不过听说你在长沙把那个项目做得很成功呀，我以为你回来后就要高升了呢，不会再做助理的工作了。"

　　我没有被她的话打动。我观察了一下，终于弄懂了，难怪我觉得哪里怪怪的，是她的眼神不同了。以往的单纯不复存在，她的眼睛里现在装着欲望。她想要留下来，为了这个目标，她觉得牺牲我也无所谓！

　　人都要有大目标，也就是所谓的人生目标，然后有一些零星的小目标。小目标就好像是天生的牺牲者，要随时准备为了大目标冲锋陷阵。维系和我的友谊是周小宝的小目标，眼下利益当前，她不再满足于只做一名实习生，她想要取代我。

　　这个可悲的认知让我有些难过，但是我很快冷静了下来，问自己，当初进 T 公司的时候就想好要转岗，眼下不正是一个毛毛虫破茧成蝶的机会吗？我没有遵守自己对王安娜的承诺，在一股冲动下，我又去了一号楼找"园丁"。

　　这次来给我开门的竟然又是"园丁"，他挺亲切的，问我："听说你去长沙跟项目了啊？怎么样，还顺利吗？"

　　"哦，挺顺利的，谢谢领导关心。我有一件事想请领导帮忙。"我不想拐弯抹角，开门见山地说了。

　　吴寒饶有兴趣地问："什么事？说来听听。"

　　"是这样的，我在 T 公司的时间也不长，之前是老 P 的助理，但是经过这次去长沙跟项目，我觉得助理这个职位已经不太适合我了，我想转去做项目。"

　　"那你跟老 P 提了吗？"

"哦，还没有，我不是很有把握，所以想先跟您说一下。"

我之所以跳过老P直接去找吴寒，最主要的原因就是我感觉经过之前的事件，老P已经不大信任我了，而吴寒虽然是八竿子打不着的大领导，但他似乎一直对我印象不错。事到如今，我也只能拼一拼，俗话说，富贵险中求，这不是没有道理的。

吴寒思考一阵子后，抛出了一根橄榄枝，他说："我的秘书前几天离职了，而且走得很急。我没法子，现在在借用 Mike 的秘书 Ada 呢，他很不乐意啊。但招人没这么快，人事部说从外部招人起码也得一个月。我想，既然你有意向要去带项目，眼下肯定也没有好位子，不如先到我这里，等我招到了人，自然放你回研发部，如何？"

这段话的信息量实在太大，我的脑子一时炸开了。首先是 Phoenix 已经离职了？都不知道是什么时候的事。然后是吴寒要我暂时接替她？天哪，我感到一阵天旋地转，呆在那里。

"你不要害怕嘛，做我的秘书其实也不难，无非就是帮我订个机票啊、酒店啊之类的，还有全公司要找我签字的，你帮我放到一起，我一天只签一次，别老让他们进来找我。"

他说得倒是简单！听说总裁办的几个女人每天斗得死去活米，虽然就四五个人坐在这个区域，但这里是 T 公司的核心区域啊，相当于古代上朝的地儿，那不是分分钟血流成河吗？

吴寒看我挺纠结，也没有勉强我，让我回去考虑几天。但是

他表示，如果暂时不去他那里做秘书，他无法找老 P 谈我要转岗
做项目经理的事情，他说我的行为等于"越级"。我后来想想也后
怕，只怪自己未经深思熟虑就冲动行事，等于把自己推到了悬崖
边上，没有退路。

→ 职场技能·Get ✔

　　加薪只是数字的变动，级别才真正决定了你以后的上升空间
以及高额的奖金。

37 迫不得已的升迁 _

  但凡有那么一点选择，我都不会去跟自己招来的实习生"撕逼"，但是周小宝越来越放肆，几乎不把我放在眼里，老 P 也交代了她把我的工作交接给我，她却一直拖着，害得我坐了好几天冷板凳。这天下午我实在忍不住了，呵斥她："周小宝，你什么时候才能跟我交接啊？我已经耐着性子等了你好几天了！"

  "小曼姐，你息怒啊，我这不是忙吗？等我空下来立马跟你交接。"

  "我不想再听这些虚的，你直接告诉我哪天，我们约一个会议，一次性把工作交接好，接下去你干你的、我干我的。"

周小宝停下手里的工作，转过头看着我，说："小曼姐，你那个时候去长沙，走得多急呀，我一个人要做部门的事情，又要做你的事情，几乎每天都在公司加班。现在所有的事情都上了轨道，你回来了就想拿现成的呀？"

"你这么说是什么意思？"

"我的意思是，你想要我给你交接也不是不行，但不能功劳全部让你领吧？我跟你说过我想转正，你一直都没有给我一个交代。"

我叹了口气，刚想给她好好解释转正并非我一个人说了算，而是要跟公司申请，还要走很多流程，周小宝的座机响了，她接了起来，用老练的口吻说着："哎，是是是，我是老P的助理。怎么说？那怎么行啊？我跟你们说，我们研发部是很重要的，耽误了事，你们能负责吗……"

那一刻，我的心里不再对她抱任何希望，只能怪自己引狼入室。

接下来周小宝又接二连三给我使坏，她总是把老P一些乱七八糟的事情没头没脑地丢过来，也不交代清楚前因后果，然后就发邮件指责我，我真是有理说不清。以前对付萧萧的时候，我身边有邵斌，有王安娜，有陆鸣，现在谁也没有了，只能靠自己。眼看着周小宝成了不可或缺的人物，而我在研发部几乎成了隐形人，我最终答应了吴寒。

天知道这种内部转岗消息会如同一个惊雷似的，几乎成了T

公司的头条新闻。其实吴寒出的通告很简单，无非就是原总裁秘书 Phoenix Chan 因个人原因离开公司，项目研发部 VP 的助理夏小曼将暂代该职位。

一石激起千层浪，传言四起。有人说我即将升职，所以先放我在总裁秘书的位置过渡一下；也有人说我是公司董事的亲戚，是关系户；最夸张的一种说法，就是我是吴寒的小三，简直就是无中生有！

面对这些流言蜚语，除了漠视，我也不知道还能怎么办。老 P 倒是挺大方的，他表示等吴寒招到人了，我随时可以回去。想想也是，研发部 VP 级别再高也就是 M3，而吴寒是董事会成员，级别是 G，权力远远比 M3 大。他看谁不爽，谁立马下台。而我在这次内部转岗中，唯一的收获就是级别被提升到了八级，因为总裁秘书会接触一些公司机密，而七级员工是不允许触碰机密文件的。

就这样，我拿了一只箱子，收拾好所有的东西，从三号楼搬到了一号楼。曾经我仰视的地方，离邵斌最近的地方，如今物是人非。

Mike 的秘书 Ada 负责带我几天。她是一位严厉的职业女性，未婚，传闻她在 T 公司待了十多年。她在职的时候，T 公司换过好几任销售副总裁，流水的副总，铁打的秘书，无论换谁，她都可以生存下来，这个女人在背后被叫作"铁娘子"。我被"铁娘子"

的气势吓得不轻，她对我很严厉，甚至直截了当地告诉我："我不管你是不是关系户，总之我把该教的都教给你了，做不来我不会留情的。"

好在财务副总的秘书 Cindy 还算客气，她对我算是比较宽容的。Ada 有些事情说了一遍你记不住再去问，她会马上翻脸，所以我情愿去问 Cindy。她是典型的贤妻良母，说话很温柔，而她的老板美国人 JK 也经常不在办公室，所以相对我和 Ada，她稍微轻松一点。

就像吴寒所说，我每天的工作就是帮他订机票、酒店，管理他的 Outlook，安排会议。每天走马观花似的，总是会来一拨又一拨人，我察言观色，发现有些人对我不屑一顾，有些人则刻意讨好我。

吴寒对待每个人的态度也亲疏有别。我观察到他对 Mike 和 HR 总监 Lisa 态度最好，而且几乎都是闭门会议。另外，我也是当了这个临时的总裁秘书后才知道，每天都有许多人为了鸡毛蒜皮的事来找吴寒，他还算耐心，总是让我抽时间安排他们见他，没有推掉这些人。

我对吴寒也算是刮目相看了。他有数不清的应酬，从不与我们一起吃饭，所以每天中午几乎就是我最难挨的时光。Ada 有自己吃饭的姐妹团，Cindy 带饭，没人跟我一起吃。我想约周小宝，她总推说自己忙。有一回我自己一个人去吃饭，在食堂撞见她，看到她和研发部的好多人坐在一起，热热闹闹的，但我一过去，他们就散开了。

周小宝有些尴尬，对我说："小曼姐，你别介意，不是我不想跟你吃饭，不过大家都说你是关系户，让我离你远点。"

"谁说的？"我问。

她面露难色，说："这个我没法跟你说。不过小曼姐，你要是在总裁办做得好，就别回来了。我在这边也上手了，马上就要签正式的合同了，你回来了，我俩就争这一个位子，也挺麻烦的。"

我看着她，士别三日，她彻彻底底地变了，她还是我当初招回来的周小宝吗？那个穿着豹纹打底裤来面试的大学生，竟然对我说出这番话。我点点头，忍不住揶揄她："我去长沙，算是给了你机会，让你转正，我也算是你的伯乐，把你招进来。你这么对我，心里过意得去吗？"

她听了我的话，像是有点难过。她看着我，青春的面孔，无邪的神情。她对我说："小曼姐，你走了以后，我才知道原来你的工作比我高级好多啊。不需要被人指使来、指使去，不需要做低级的事情，伺候好了老 P，其他人也对我很好。我不想再做以前那个周小宝了，实习生没有一点地位。你那个时候说帮我争取留下来也是在敷衍我的吧？无论如何，我要待在这个部门。"她说完就起身走了，我看着她的背影，心里在想一个问题：究竟是社会逼她走上了这条道路，还是她天生就是个好演员？而我，既是一个失败的老师，又是一个失败的上司。

▶ **职场技能・Get** ✓

学会识人，不要"引狼入室"。

38 金字塔尖的生活 _

　　待在总裁办的时光，我感觉研发部离我好远，不知道怎的，心里总是很失落。我白天总是像游魂一样地工作，重复那几句礼貌而客套的话；而晚上都重复做同一件事，就是打开电脑，不断地投简历，一封又一封。那段时间，我投出去的简历比我大学毕业时投的还要多！

　　但是命运就像跟我开了一个玩笑。整整一个月，没有一个电话打来叫我去面试。我也失去了斗志，只求快点找到工作，快点离开这个鬼地方。

　　终于有一天，我再也熬不住了，趁着办公室中午没人，给陆鸣打了个电话,他一接起来就是浓浓的讽刺:"哟,还记得我啊,您现在可是总裁办的红人了。"

"陆鸣,我想辞职了。"

"你找到更好的工作了?"

"没有,但我受不了了,压力好大。"我的话语中透露着深切的无奈。

"不就是流言蜚语吗? 清者自清。你知道有多少人想去总裁办吗? 为了区区一点压力你就要辞职? 真是太可笑了。如果你找到了下家,那我恭喜你;如果你只是为了这么点小事就要死要活地闹辞职,那我觉得你还不成熟。"

我仔细想想,陆鸣说的话确实很在理,提辞职真的是太冲动了。我冷静下来后问:"我现在每天都被人排挤,公司里几乎没什么朋友了,我很想回到研发部,或者干脆换一个部门。你有什么办法吗? 帮帮我吧。"

"你又不是我的女朋友,我为什么要帮你?"

我被他的话雷翻了。不过既然他是采购,我就得用与采购谈判的方式跟他谈,我说:"我虽然不是你的女朋友,但是你想想,我在总裁办,你帮我不就是帮你自己吗? 最多我答应你,等我站稳脚跟,我在吴总面前帮你美言几句。"

"千万别,我跟吴总还八竿子打不着,你的美言对我没用。"陆鸣思考了一会儿,"这样吧,我听说采购部要大整合了,公司会从上面派一个德国人管全国的采购，你帮我打听下这个人是谁。我可能要去德国出差一段时间，得提前去拜拜码头。"

原来就这么个小任务。我当即拍了胸脯，表示没问题。陆鸣在电话里指导了我一下，无非就是让我继续工作，看到 Ada 和 Cindy 的时候礼貌一点，不要话多。至于研发部，周小宝绝对是个不择手段求上位的人，让我彻底疏远她。而现在老 P 下面是 Tommy 一人独大，暂时还没有人能与他抗衡，陆鸣让我跟法国人以及其他所有的小组长搞好关系，不要切断与研发部的联系，还要利用自己总裁秘书的角色为研发部提供便利，比如找总裁签字之类，为将来重回研发部做好铺垫。

我遵照陆鸣的嘱咐，万事小心，也不切断与研发部的联系。我已经彻底放弃了周小宝，倒是宋瑾反而成了我的好朋友，她也经常给我一些指导，所以我总是叫她宋老师。

正所谓高处不胜寒，除了宋瑾以外，我在 T 公司几乎找不到一个可以说上话的人了。难怪吴寒也抱怨过，他说："大家都觉得做总裁好，权力大，可是这些人哪，都看不到总裁背后的责任与压力。业绩不好的时候，下面的人还是可以歌舞升平，但是我呢，连着几天几夜吃不下饭、睡不着觉。"这番话当时就让我心酸不已，觉得总裁也很难当。

王安娜终于从德国回来了，她一回来，我就感觉好多了。看来人都是群居动物，需要朋友，但我万万没想到王安娜已经猜到了我跟邵斌的关系，她开门见山地问我："你俩是不是好过？"

我觉得这个问题实在太让人尴尬了，不知道该怎么回答。

她诡异地笑笑："好吧，你不承认也没关系，很快你就会自己来跟我聊这个话题的。"

我终于明白她说的这个"很快"是什么意思了。那天晚上下班，我在公司门口看见一辆熟悉的车。我走过去，想一探究竟，结果车窗慢慢地摇了下来，露出一张我朝思暮想的脸。

"上车吧，等你很久了。"他看着我，脸上带着倦容。

我乖乖地上了车，惊讶不已："你怎么回来啦？是休假吗？"

邵斌好像瘦了许多，他回答我："我有新的任务，应该不回去了。"

"不回去了？为什么啊？那你要一直留在上海吗？还是原来的职位吗？哎，你知道吗，我暂时做吴总的秘书了，Phoenix 离职了。"

"小姐，你一口气问这么多问题，我到底先回答哪个啊？"他做出一副头疼的样子，我扑哧一声笑了出来，忍不住用手去揉他的脸。他腾出一只手来抓住我的手，时间好像又静止了，我们沉默地看着对方，享受着这久违的温情。

邵斌带我去了一家很小却很精致的店，等吃得差不多了，他说："小曼，我跟 Phoenix 提出分手了，她一气之下辞职了，回了香港。我答应过你，我要处理好这些事情后才来找你，我做到了。"

"那你也不用去了德国就音讯全无吧？"我还是有点耿耿于怀。

"我没有一天不想你，但我是个男人，我得说话算话。"

"那 Phoenix 同意分手了吗？"

"开始是不同意的。我去德国以后，她飞过来找了我很多次，我一次次地跟她沟通，把心里话全部说了出来，最后她放弃了，但我没想到她会辞职。"

我点了点头，问他："那你不回德国的话，在上海坐哪个位子呢？怎么总裁办没有半点消息呀？你快告诉我呀！"

邵斌沉默了一会儿，说："这个暂时还没有确定，等确定了我再告诉你吧。"

我也顾不上多问了，只要一想到以后这个男人就只属于我一个人了，我的心里就乐开了花。正所谓"春宵一刻值千金"，其他事暂且搁到一边吧。

> ➡ 职场技能 · Get ✔
>
> 不要因为区区一点压力就辞职，找到下家再辞，这才是成熟、正确的做法。

39 伴君如伴虎 _

　　邵斌回来以后，一直没有回公司上班，他清闲得很，每天就是看看书、四处逛逛，偶尔打开电脑写写邮件。

　　我则忙了起来。为了缩小与帝国理工的距离，同时也想在工作上帮到邵斌，我越发努力地工作。除了做好秘书的本职工作，我还研究起了公司的业务。我发现 T 公司最近研发出了一款新型传感器，放在智能手机里面，可以实现许多意想不到的功能，可以说是一款跨时代的产品。吴寒很重视，开了好几个会讨论，我也跟着加班，没日没夜，邵斌都忍不住抱怨起来了。我只能抽出双休日全天候地陪他。我们终于可以手牵手光明正大地去电影院看电影了。我嚼着爆米花发出声响的时候，邵斌忍不住用手敲了一下我的脑袋，我觉得幸福无比，赶紧喂他一个。

当然，邵斌也给我出了主意，他说："吴寒那里你只能过渡，秘书这个活儿，没有多大的发展空间，但在离开之前，你必须做出成绩。你找个机会在细节上关心下领导们，表现一下，没准领导们一高兴开会就带上你了呢！"

这个机会很快就来了。有一次领导们加班开闭门会议，我负责给吴寒、Mike和其他几个公司领导买盒饭。我想了想，光吃盒饭太单调了，就自作主张订了一些汤送进去，于是就有人问："怎么这次盒饭还带了汤呢？是饭店搞活动吗？"

我马上解释道："哦，不是，不是。我看你们老是吃盒饭，又加班到很晚，就多订了份汤，是别的店的。听说这家店很有名，你们尝尝吧。"

吴寒说："还是夏小曼细心哪，这汤味道不错。哎，小曼，你着急回去吗？不急的话一起来开会吧，反正我们也遇到了瓶颈，讨论不出什么新的内容，你的加入也许可以带来一点灵感。"

其他人也都同意了。说实话，我第一次参加这么重要的会议，特别紧张，但我是在场唯一的八五后，可以代表年轻一代发言。于是我把自己平时使用智能手机的感受、重视哪些功能都给大家说了，没想到在场的所有人都相当重视，把我说的每一句话都记了下来。

"小曼哪，你对我们来说太重要啦！你的意见都很符合现在这个时代啊，看来我们都老了啊！Mike，你说是不是啊？"吴寒自嘲地说。

Mike 不自然地看了我一眼，他应该知道我和萧萧的那些陈年往事，不过碍于现场这么多大人物，他也只能附和吴寒："是啊，吴总，你的新秘书很不错，要不我们这个项目的推介会就带着她去吧。我们一群人全是男的，几张老面孔，客户也腻味了，这次就让夏小曼去陈述吧。"

啊？我？我赶紧推托："不行，不行，我可不行，我不懂技术，我不能去。"

没想到在场的所有人都赞同 Mike，他们觉得不懂技术没关系，我就从消费者的角度出发，把现在消费者对智能手机的使用感受表达清楚就可以了，比如"果粉"为什么觉得苹果手机用起来比国产手机要好，如果在智能手机中植入我们的传感器，又能提升哪些用户体验。至于技术，他们自然会派技术专家跟着我过去。

这真是一个大大的挑战。我向邵斌诉苦，他笑着给我打气，告诉我该穿什么、该说什么、该做什么。不愧是销售总监哪，说的话句句都是箴言。

第二天，我们一行人浩浩荡荡地坐上飞机，前往深圳。客户

的办公地点装修得像皇宫一样，我简直看傻了眼，谁说外企有钱
啊，现在国内的民企也是土豪！所有的人都穿得很正式，吴寒难
得地西装笔挺；Mike 及他的几个下属见惯了这种场面，全都打扮
得很干练；我虽说没有穿得那么正式，也选了黑白相间的 ZARA[1]
紧身裙，化了职业妆。这种场面，谁不打扮，谁就会在客户面前
失分，客户可以穿拖鞋、背心，但是你不能。

　　客户似乎是吴寒的老同学，两人相谈甚欢。会议在张弛有度
的气氛中顺利结束了，其间我的发言大概也就三分钟，客户看上
去反应也不大。可怜我们一行人准备了那么久，我背了一个通宵
的内容啊！

　　不管怎样，吴寒还是把深圳分公司的总经理叫出来招待了大
家。深圳分公司的总经理叫唐默言，好诗意的名字啊！我见到他
的一瞬间几乎要晕过去了，竟然是个大帅哥。虽然年纪有点大，
但是丝毫不影响他的儒雅和风度。几个销售看我的样子，了然地
说："夏小曼哪，你怎么也和其他人一样，一看到唐总这眼睛就跟
开了花似的？你好歹也是总裁秘书，控制下你的口水吧！"大家哄
堂大笑，我有点尴尬，生气地反驳："我只是觉得唐总很像我的一
个朋友，你们别乱说！"

　　我这种瞎掰的话竟然被吴寒接了过去，他好奇地问："像
谁啊？"

　　1　西班牙服装品牌。

　　无奈之下我说："有点像我在长沙做项目的时候认识的一个同事，叫林以夏。"

　　"林以夏？天哪，你的眼光还真毒。我们是哥伦比亚大学的同学，读书的时候就有许多外国女孩子分不清我们谁是谁。"唐默言笑着说。

　　"可是你跟他不像同龄人哪。"唐默言怎么看也有四十岁了，怎么可能跟林以夏是同学？

　　"哦，这家伙是本硕连读的，我是回来工作了几年之后过去的。怎么，你跟他很熟吗？"唐默言饶有兴趣地问。

　　"哦，还行吧，我在长沙的时候，他很关照我。"我老老实实地说。

　　于是大家都嬉皮笑脸地接腔说："关照你不是应该的吗？咱们吴总的秘书，没有一个不是大美人，以前那个香港女孩子也很漂亮，现在夏小曼更是气质出众啊。"我被他们吹捧得很不好意思，就开了句玩笑："哎呀，总裁秘书代了公司形象嘛，再说不是美女，根本入不了吴总的眼。我呢，只是暂代的，如果有什么合适的总裁秘书人选，你们也帮忙多留意啊！"

　　一番话说完，所有人都哈哈大笑起来，酒桌上开始了相互敬酒，热闹非凡。吴寒被那帮销售灌了几杯酒，连说自己年纪大了，让我代替他喝。那帮销售转战到我这里来的时候，我完全招架不住，还好唐默言冲过来帮我挡住了。他老练地岔开话题，三下五除二就解决了这帮销售，大家又回到座位开始吃菜。

　　吃完饭唐默言说要送我一程，我想他既然是林以夏的老同学，自然就是我的朋友，也就没有推辞。路上，唐默言跟我聊了许多在哥大的趣事，最后他犹犹豫豫地对我说："小曼，你别怪我多事啊。那帮销售都不是省油的灯，你以后在这种场合，不能多说话，要多听少说，不要轻易发表意见。"我暗叫不妙，知道自己一定是说错了什么话。

　　回到酒店，一个熟悉的身影进入我的视线。哦，天哪，是邵斌！我惊喜地抱住他。"你怎么来啦？"我问。

　　"我来监督你呀，小丫头，看你有没有在深圳找艳遇什么的。"

　　我拍了他一下，娇滴滴地说了句："讨厌。"

　　跟吴寒告了假，我跟邵斌在深圳多待了一天。因为事先没有准备港澳通行证，我们只能在深圳玩一下，不过这对我来说已经是意外的惊喜了。跟之前不同，现在我们走在大马路上，总是手拉着手，邵斌喜欢走在我前面一点，领着我在人群里穿行。跟他在一起，我心里所有的不安、烦恼都会自动消失。我想，他一定是上天派来解救我的，让我的心有一个归宿。

　　回到上海以后，吴寒第一时间召见我。他总结了一下深圳的会议之后，提到了那天晚上在酒席上我开的一句不大不小的玩笑，他说："以后这种场合，你就负责帮我挡酒，不该说的话，一个字都别说。"

　　我在心里暗暗叫苦。古人说得一点没错，伴君如伴虎。看来以后要打起十二分的精神，管好自己的嘴巴。

▶ **职场技能 · Get** ✔

　　伴君如伴虎，管好自己的嘴巴，多听少说，不要轻易发表意见。

40 一张销售订单背后的努力 _

　　深圳之行后，吴寒马不停蹄地飞到美国开会去了。我还是做着总裁秘书，有时候闲得慌，就给邵斌发微信，不过他回得很慢，还老是批评我，叫我上班要专心。

　　深圳那个客户似乎没有购买我们的产品的意向，我有点失望，但我毕竟不是销售，也只好作罢。就在我快要忘记这件事情的时候，突然来了转机。有一天，客户那边的人打来电话找吴寒，一听是我接的电话，就客套了几句。原来客户是来打听德国慕尼黑电子展的情况的，他们想问问我们参不参展，参展的话送几张票给他们，再出一封邀请函协助他们办德国签证。我觉得这是一个很好的机会，于是马上给吴寒打电话，他的手机一直打不通。

我想来想去，觉得客户第一，所以给吴寒发了封邮件说明情况，然后发邮件给德国那边申请客户的门票。因为我是总裁办的人，所以德国总部对我的邮件很重视，很快就做了安排。我一看附件，乖乖，一张门票要好几千块，真是贵！也罢，舍不得孩子套不住狼，这件事我既然跟了，就要跟到底。我又去帮客户办了签证，还一并安排了他们在德国的住宿和行程，具体到每一天的早餐、出行时坐的车，还查好了附近的 outlets[1]，方便他们双休日自己去逛。

这些事情全部做完以后，吴寒回复邮件了，他让我大胆去做，如果需要协助，可以找 Mike 帮忙。当然我不打算找 Mike，偷偷打电话给邵斌。他听完我的叙述，头头是道地分析："你做的这些前期工作完全没问题，但是到目前为止，你的安排只能起到锦上添花的作用。客户去了德国，看了电子展，该玩的玩，回了国，全部忘光，无非就是高兴了一下。"

"那我该怎么办哪？快说啊！"我着急了。

"我给你一个建议吧，不一定管用，但可以试试。除了吃喝玩乐，你把他们安排到总部去开会。"

1　奥特莱斯，英文原意为"出口"，专指由销售名牌过季、下架、断码商品的商店组成的购物中心，因此也被称为"品牌直销购物中心"。

"开会？开什么会啊？"

"这并不重要。安排一个技术交流会吧，你们不是主要推那个新款传感器吗？就介绍这个，让德国人讲，把技术里里外外都展示个透。"

虽然我不知道邵斌的招数有没有用，但他毕竟是个经验丰富的销售人员，我决定照他说的试试看。就这样，客户一行八人浩浩荡荡地奔赴德国，因为我的预先安排，他们受到了热情招待。总部也相当给力，又派车，又派导游，最后的技术交流会简直就是必杀技，据说德国专家唾沫横飞地讲了几个小时，把客户惊得一愣一愣的，当下就拍板："这款传感器我们要了！"订单也随之而来。

因为这件事，我变成了大功臣，销售部上下都对我刮目相看，一时间，我成了销售部想要招揽的红人。吴寒让我随便提要求，他说按照公司惯例，可以给我发一笔奖金。我拒绝了，我说："我想回研发部做项目经理，自己带项目，再给我升一级，我就这两个要求。"

吴寒勉为其难地同意了，他说："出去容易，想再回来可就难了，我这总裁办的门也不是那么好进的，你要想好了。"我毫不犹豫地点头。

就这样绕了一圈，我在 T 公司待了整整一年以后，又回到了研发部，级别变成了九，工资也相应调整了一点。虽然没有给我发奖金，但是我的职位变成了初级项目经理。

　　从一号楼搬回三号楼那天，我很激动，在心里设想过好几种场景，比如被同事排挤啊，比如被大家簇拥啊，最后这些假想都不成立。研发部还是那副死气沉沉的样子，只有少数几个同事对我的归来表示了欢迎。我看也没看周小宝一眼，直接跟老P说，我要换座位，因为我现在已经不是助理了，就没理由跟秘书坐在一起了，老P同意了。

　　其实邵斌也对我坚持要回研发部表示了困惑，他觉得总裁办很适合我，而且发展空间相对更大，他认为我要不趁此转销售，没必要坚持回研发部。对于这个问题，我回答得高深莫测："每一列火车都必须沿着轨道前进，我想要沿着适合我的轨道前进。项目经理是通往上层最快的道路，虽然很苦很累，但我从不害怕未知的前方。"

　　作为初级项目经理，我需要一个师父带我，老P安排了刘博做我的师父，让他教我有关项目进度、启动、审计等的知识。我的座位调到了刘博旁边，一个靠窗的好位置，可以透过落地玻璃看到窗外的绿化带，那些树、那些花都生机勃勃，我仿佛注入了新鲜血液，每一天都精神亢奋。然而学习过程是枯燥乏味的，每个项目开始之前都要经过漫长的考察、讨论，最后由董事会决定是否接这个项目。当然，这与项目的盈利情况和难易程度都有关系。项目经理则是整个项目的灵魂，既要协调客户，又要搞定公司内部相关的人，需要八面玲珑。

经过几个月的时间，刘博基本把我带入门了，我对项目有了一些感觉。这个时候新项目也来了，我们师徒搭档，好不愉快。在事业与感情都很稳定的时候，坏消息来了。那天刘博说要请我吃饭，我们到公司旁边的小餐馆去吃泰国菜，菜还没上，刘博就按捺不住，把坏消息告诉了我："小曼，这段时间能做你的师父，我很高兴，与你也特别投缘。眼看你就要独当一面了，师徒一场，我也可以放心了。"

我大感不妙，心里七上八下的，急切地问："刘博，你怎么啦？不会是要走了吧？"

刘博点了点头。

经历了那么多事情，现在刘博非常信任我。他从大学说起，包括考试前经常熬夜复习、不到三十岁就熬白了头发，说到身为中国人在德国受到的歧视与不公，再是陪着老 P 来中国打江山，这一来就好几年没见着家人……全是真情实感。说着说着，刘博居然有点哽咽，他说："完成了长沙那个项目，照理应该论功行赏，你们几个升职的升职、加薪的加薪，我为你们高兴。但只有我还是老样子，这些日子加班受气，到头来还是一场空。我年纪大了，也不想争来争去了，既然公司不重视我，那我还是识趣点提前离场算了，把机会留给年轻人吧！"

虽然刘博最后一句话说得比较官方，我还是很为刘博打抱不平，气呼呼地说："刘博，你为这个项目和公司付出了多少，大家有目共睹，我觉得 Tommy 根本比不过你。你千万别走呀，走了就认输了！"

刘博摇了摇头，他显然已经对 T 公司失望透顶，不愿意多做解释，但看在我忠心耿耿的分儿上，最终跟我说了实话："我在德国还有一点关系，最近得到风声，咱们部门要重组。重组后老 P 的权力可能会更大，分管上海和长沙。我想来想去，到时候极有可能让 Tommy 做上海的一把手，直接汇报给老 P，我实在不想再卷入这些腥风血雨了。"

重组？我把整件事的利害关系在脑子里过了一遍，明白了刘博的意思，也就是说，老 P 如果同时管着两边，Tommy 就很有可能在上海称王，那他的死对头刘博就毫无立足之地了。

于是一顿饭吃得颇为伤感。刘博要离开的消息很快散布得天下皆知，老 P 也意思意思，挽留了一番，最后还是没有留住。老 P 吩咐我为刘博准备一场欢送会，要隆重，花多少钱都没关系，我领命后照做了。

可能因为在总裁办历练过一段时间，连我自己都感觉到我整个人不同了，做事沉稳，对付每个环节都游刃有余。欢送会的气氛恰到好处，老 P 代表整个部门送出了礼物，情到浓时也忍不住伤感地哼唱了一曲英文老歌，把刘博和几个老员工唱得老泪纵横。我看得出，刘博对公司还是很有感情的，离开也是无奈之举。我一口喝完杯子里的酒，百感交集。

欢送会结束之后，我埋完单摇摇晃晃地走回大厅，看到人全部散了，只有刘博还坐在那里发呆，走近一看，他正偷偷抹眼泪呢。我觉得一阵心酸，于是也悄悄地撤了，决定留下空间给他。

一代功臣，就此退场。

走到门口，我看到了周小宝，正在犹豫着要不要过去跟她说声再见的时候，看到她欣喜若狂地上了一辆大众车，因为开车的人很眼熟，我忍不住多看了几眼，等看清楚那个开车的人，我顿时有种遭雷劈的感觉。

那个人竟然是冯李仁。

我看着周小宝的背影发呆，突然想起自己还没跟程子琳汇报，于是赶紧给她打电话，结果她的反应非常平淡，她淡淡地说："我早知道了，那个小姑娘一直在跟你们部门里乱七八糟的人搞暧昧，冯李仁跟我说过，她还倒追他呢，不过有没有成功我就不知道了。唉，现在的年轻人哪……不过，我跟他分手可不是因为这个，我难道还比不过一个实习生吗？你也太小看我了吧！我告诉你，我就是嫌冯李仁没出息……"

我及时打断了程子琳的絮絮叨叨，匆匆挂了电话。眼下我没有心情听她说那些陈年旧事，想到刘博提到的重组，王安娜之前也说过我们部门很快就要有"大动作"，我心烦意乱，感觉风雨飘摇，好日子似乎到头了。

> ▶**职场技能·Get** ✔
>
> 　　无论身处怎样的职位，都要善于抓住机会，有时候做对的事情
> 比把事情做对更重要。

41 重组危机中的淡定自保 _

　　刘博走了以后，我成了正式的项目经理，必须独当一面。新项目的工程师还是宋瑾和小崔，采购则是冯李仁，我们几个被迫在没有刘博的情况下孤军奋战，很快就感觉顶不住了。首先是客户那边百般刁难，又是要求降价，又是质疑新的项目经理是否可靠；其次就是长沙那边不买我的账，虽说我打出林以夏的旗号勉强过了几次关，但毕竟他也不是万能膏药，我早晚要想出切实的办法来解决。

　　一个问题悬而未决，一枚重磅炸弹又抛了过来——总部正式宣布重组了！长期以来，我们与长沙那边分工很不明确，大家共用资源，造成了资源的紧张，生产线产能不够……经过一系列考察，公司决定将两个部门合并，上海部门归入长沙部门。另外，如有必要，会遣散一部分平日里游手好闲的人。

　　长久以来，总部都对两边的争抢和矛盾睁一只眼闭一只眼，关键时刻视而不见，现在也不知道抽什么风，居然拿我们开刀。上海部门算是败给了长沙部门。重组以后，大部分人可以留下来，但也要重新签劳动合同，改为长沙分公司的员工，待遇将大不如前。

　　消息一出，鸡飞狗跳，首先是掀起了一阵"离职风"。那些能力强的、不愁找不到工作的人首先以离职来表达不满，但僧多粥少，老P并没有过多挽留。我想，既然刘博的消息是准确的，那下一步就该宣布老P接管两边部门的消息，再接下来就是Tommy成为上海研发部的一把手。我曾经力挺刘博，也得罪过Tommy，思前想后，我也做好了辞职的准备。

　　老P和王安娜也开始马不停蹄地劝退一些能力不够、浪费资源的人，有些甚至是老员工。我觉得公司这次过火了，合并归合并，为什么要开除人呢？以前金融危机，公司业绩最差的时候也没有开除过一个人，而是用"节省开支"的方式渡过难关，这次莫名其妙地就开除了好几个人。我把王安娜叫到会议室里密谈，向她抱怨了这些事情。她也一副愁眉苦脸的样子："夏小曼，这事我一点办法也没有，虽然重组我是略有耳闻，但我不知道老P为什么要遣散那么多人。这些并没有写在总部的提纲里面，是老P私底下找了我老板，我老板再吩咐我全力配合的。我们做人事的，最怕的就是干这个事情，一个没有处理好，前功尽弃。"

"那我呢？我之前得罪过Tommy，我觉得我的好日子到头了，要不我也辞职算了。"

"哎呀，我的大小姐，你就别来添乱了。"王安娜用手指戳了一下我的脑袋，"这场风波，主要是针对上海和长沙的矛盾，与你无关。忍一忍，等风波过去了，也许会有好消息呢！"

"好消息？什么好消息？我觉得世界末日已经来了。"

"拜托你千万要沉住气啊，不然某人不会放过我的。"

我听到"某人"就知道王安娜说的是邵斌，但还是装傻道："'某人'？什么意思啊？"

"好啦，你就别再装傻了，我已经知道了！"

"我不是故意不告诉你的，但考虑到大家的身份都很特殊，所以……"我觉得有点愧对她，毕竟一直以来她对我还是不错的。

"好了好了，我没有生你的气。眼下呢，你就求自保，反正你现在是项目经理，手里捏着一个项目，暂时没有人会动你的，懂吗？乖乖听话，你只管低头做事，对其他所有的事情都不闻不问就行了，即使有人哭着闹着要上吊，你也只能安慰几句，千万不要卷入其中啊。"

我无奈地点了点头，这一席话王安娜纯粹是站在人力资源部的角度说的，虽然很中肯，但是对我来说，这一切实在是太残酷了。

原本我可以安安稳稳地做我的总裁秘书，却非要跑回来做炮灰，难怪吴寒在我走的时候暗示我，想要再回总裁办就难了。他们这些高层肯定早就知道重组的事了，只不过没人透露风声。刘博自然有他的渠道，所以找好了下家，风光体面地离开。他把项目交接给我，就算为我筑起了一座城池，我暂时安全。

一切就如王安娜所说，部门里的人走的走、哭的哭、闹的闹，所有大公司的 HR 都是见惯了这些场面的。这不，几个星期过去了，部门里的人走了一大半，空座位越来越多，我简直怀疑我们部门要搞"空城计"了。

然而事情的发生总是让人始料不及，在第一批被劝退的人里就有小崔。之前说过，他是依附于宋瑾的，平时混混日子，关键时刻公司要裁员，总是首先拿这样的人开刀。小崔一直没有在辞职信上签字，过了几天突然失踪了，他家里人轮流来公司闹，甚至曝光给了媒体，于是不利的消息铺天盖地地散播开来，之前离开公司的员工也站出来抨击公司，这件事在几天之内就演变成了 T 公司近年来最大的一桩丑闻。

公司也发动了许多资源去找小崔，危机公关也做了起来，最后人找到了，但是被确诊为抑郁症，于是他就被"留了下来"，工资照拿，还不用来上班。这样一来，危机公关是做好了，媒体的嘴巴也算是封住了，但是这件事彻底惊动了吴寒，他作为中国区的最高负责人，根本不敢将这件事瞒下来，连夜汇报到了德国。总部认为老 P 在重组这件事情上有失妥当，因为总部的批文并没有让老 P 裁员，这属于他的个人决策，没人知道他葫芦里卖的是什么药。老 P 显然无法再在公司里立足，没过多久就狼狈不堪地回了德国，没有欢送会，什么也没有。他走的那天，只有我一个人去送他，虽然他对我称不上恩重如山，在权力游戏中也总是把我一脚踢开，我还是带着尊重的心情去跟他告别。

这个意气风发的德国男人一下子就老了，站在公司门口，拖着一只行李箱。他自嘲地对我说："来的时候我带着这只行李箱，没想到走的时候也还是只有这只行李箱。"

我努了努嘴，最终只说出一句："您是一个好老板，至少对我来说是这样。您支持了我的每一个决定，转岗、换部门、调回来，我永远也不会忘记您。"

老 P 被我的话感动了，我们都有些依依不舍。老 P 就此退出中国的舞台，再无音讯。

老 P 走了以后，部门里更是乱成一团，所有的人都开始浑水摸鱼。我忍住了内心的浮躁，坚持完成项目。为了安抚人心，我召开了项目会议，明确表示，等项目做完，我会立刻写邮件给公司，争取为每一个人加薪。总算是稳住了我自己项目组的几个人，我们这个组成了研发部唯一宁静的岛屿。

就在这兵荒马乱的时刻，第二封针对 Tommy 的匿名信发到了所有人的邮箱，这一次的内容更加直截了当，先是申诉了上一次公司对匿名信的处理不当、老 P 的包庇，然后直接贴出了 Tommy 和周小宝的亲密合影。此时此刻，即使老 P 还在，也保不住 Tommy 了。

我收到邮件后的第一反应就是反复揉了几十下眼睛，确定自己没有看错照片里的人。天哪，这算是什么狗血事件？桃色新闻总比其他事情更有娱乐性，一时间，这件事在公司里闹得沸沸扬扬。吴寒大发雷霆，亲自处理了这件事。没多久，事件的男女主角就先后辞职，离开了公司。周小宝留给我的最后印象，就是在走的时候用轻得几乎听不见的声音对我说了三个字："对不起。"

▶ 职场技能 · Get ✓

公司里如果有什么风波，与己无关，就忍住内心的浮躁，做好手头的事，等待风波过去。

42 严厉的男朋友上司 _

老 P 走了，Tommy 也走了，公司自然需要一位力挽狂澜的英雄，这个英雄很快就浮出水面了，还是一个我再熟悉不过的人——邵斌。这对我来说绝对不是什么好消息，公司刚解决一起桃色事件，现在正是风口浪尖呢，虽然 Tommy 是婚外恋，我跟邵斌是正经谈恋爱，但毕竟人言可畏，我还是很担心。收到通告的那天下午，我足足发了一小时的呆。邵斌不可能像我一样刚知道这个消息，他从德国回来，赋闲在家，却一副胸有成竹的样子；而王安娜之前暗示我"也许会有好消息呢"，她肯定也早就知道了这件事。他们联合起来瞒我，我越想越气。

邵斌在正式入职前约我去吃云南菜，我一见他就气势汹汹地说："你说，你为什么要骗我？你是不是早就知道了？"

他马上摆出要哄我的姿态，我推开他："我不吃这一套，你有事总是瞒着我，全世界都知道了，就我不知道！你说，现在怎么办？我们在一个部门，又是汇报关系，是不能谈恋爱的。"

"我不是不告诉你，而是事情有变化。原来呢，我自己申请调回来，但是总部告诉我暂时没有空缺，叫我等。我等不及，就申请了你们项目组长的位子，等重组以后就能过来，这些事情王安娜也知道。我们万万没想到，老 P 竟然擅自开除员工。后来的事情嘛，就完全不在我的掌控之中了。"

"那你来我们部门做组长，你为什么不告诉我呢？"

"唉，毕竟是未经公布的消息，你知道得越多，对你越不利。我怕你说漏嘴，也不想让你有压力。老 P 跟 Tommy 确实存在很多管理上的漏洞，他们的管理模式更适合以前的中国，而且德国人总喜欢官官相护，这点也很不好。我们的关系呢，我跟王安娜商量过了，等过段时间，把你调到别的部门去，只要不是汇报关系，公司是不会干涉的。"

"你们怎么替我做决定啊？我什么时候说过要调到别的部门去？我刚做出点成绩，我不走，要走你走！"

话说出口我就后悔了，明明知道邵斌都已经升到 M3 了，大好前途他不可能放弃，他是一个事业心很重的人，儿女私情与江山社稷相比，自然是微不足道。

那一晚的气氛很僵，邵斌送我回家的路上，我们谁都没有再说话，沉闷得快要让我窒息了。说实话，让我放弃工作，我不愿意，让我放弃感情，我也舍不得，左右为难。

邵斌正式上任那天，他显然下足了功夫，穿着熨得笔挺的Armani[1]西装，系着Hugo Boss的领带，在员工大会上三言两语就安抚住了人心。我远远地站在人群后面，不由得在心里感叹，他确实是很有魅力的，但如果要我放弃工作，卑微地爱他，又不是我想要的结果。这么想着，我打算暂时与他保持距离。

"所有还留在研发部的人，我答应你们，只要把手里的工作做好，年底的时候，每个人都有机会升级、加薪。"邵斌的话像给在场的所有人打了鸡血，大家从原本一蹶不振的状态中恢复了过来，交头接耳，打听邵斌的背景。而邵斌的眼神穿过人群，看向了我，我迅速转过头，加入大家的讨论中去，心里却在胡思乱想着。大家要是知道了我们的关系，肯定大跌眼镜。

在邵斌和王安娜的努力下，研发部逐渐恢复了正常。老P和Tommy离开以后，研发部成了中国人的天下，虽然如此，因为刚刚经历了这么大的波动，眼下可谓人心涣散，一盘散沙。邵斌一刻也不闲着，频繁地召唤原来的两名小组长去他办公室秘密谈话，也不知道说了什么，最后留下一位，走了一位。然而Tommy的

1　阿玛尼，创立于意大利米兰的世界知名奢侈品牌。

组，邵斌破天荒地提升了宋瑾去管理，又重新分配了一名工程师
给我。最后大笔一挥，包括仍然坚守着的法国人，全部小组长都
升了级，加了薪水。当然，我因为刚升过级，就没有再升，薪水
象征性地加了 5%，我也觉得非常满意了。

　　我们组最终成了一个独立的项目组，上面暂时没有组长，我
作为项目经理直接汇报给邵斌。邵斌在工作上根本不会考虑到我
是他的女朋友，对我摆出公事公办的态度，甚至比对其他任何人
都要严厉。他很快就一并接手了长沙的团队，不知道是他自己要
求的，还是公司给他安排的。陈宜从长沙调了过来，成了邵斌的
秘书，而邵斌每个月至少要去一次长沙，陈宜也要跟过去。我心
里挺不是滋味的，这个陈宜在长沙的时候就对邵斌频频示好，现
在又做了他的秘书，所谓近水楼台先得月，现在我跟邵斌又在冷
战，时间久了，恐怕……

　　"你这个项目算来算去都不盈利，那还做什么？你这样的报
告想通过长沙的董事会，别做梦了，刘博是怎么教你的？"邵斌
又一次否决了我的项目报告，我无奈地把报告拿了回来。平心而
论，这个项目交给我的时候就已经启动了，项目的财务状况一
直都是勉强持平，项目最开始又不是我接下来的，不盈利难道
怪我？我忍不住反驳了一句："项目盈不盈利你要去问销售，这
个项目交到我手里的时候就已经是这副样子了。我是项目经理，
只负责从起点把项目走完，确保准时交货，其他事情不是我能

管的。"

邵斌冷笑了一声："那么你的意思是，你打算拿这份报告给长沙董事会看咯？"

"对，我就是这个意思。"我坚决地说。

"星期三就要开会了，我也是董事会成员之一，到时我不说话，你看其他人会不会让你的项目通过。有本事你就说服他们，只要有一半以上的人同意，我就睁一只眼，闭一只眼。"邵斌轻轻地拍了下桌子，他也有点光火了。

"好，就这么说定了。"我头也不回地走出了他的办公室。

星期三的电话会议，尽管我准备好了慷慨激昂的台词，还有一系列理由，最后还是一败涂地。电话里传来各种批评、各种质疑，我几乎要跳脚了。CFO只问了我一句话就让我难堪得想挖个地洞钻进去，他问我："你能够看懂财务报表吗？我怀疑你看不懂。"

事实上，半路出家的我确实看不懂财务报表，好在邵斌出声为我解了围，他用淡定而不容置疑的口吻说："看来夏小曼还没有准备好就来汇报了。这样吧，今天先不做决定，延迟一星期，下星期再重新来过。如果还是不行，就退回去。"其他人顿时想到我们部门刚刚结束大换血，所以口气也都放软了，同意给我一星期的时间修改项目报告，我总算松了一口气。

一挂掉电话我就奔出公司，又不想去 cafe shop，走着走着就走到了邵斌带我去过的那家咖啡店。还是一样的梧桐树，我很怀念。这里是邵斌第一次向我表白的地方，我到现在还记得他那句："以后不要轻易掉眼泪，如果你想哭，就约我来这里陪你，好吗？我会在第一时间出现的。"

命运真是神奇，我在 T 公司的这段日子，所经历的比电视剧还要戏剧化。一路走来，磕磕碰碰，真的有点累了。职场的斗争何时才是尽头？我想，它并没有尽头，它是一条无尽的黑暗隧道，你只想去到光明的地方，然而你并不知道哪里才是光明。我照旧买了一杯拿铁，刚喝了一口，就被抓到偷懒。

"难怪一开完会就找不到人，原来躲在这里啊！"邵斌双臂交叉，一副气定神闲的样子。我知道他是来笑话我的，上次他说我肯定通不过项目会议，我还非要用头去撞南墙，现在一败涂地，我垂头丧气的，怪自己学艺不精。

"老板，我开完会来买杯咖啡，不算偷懒吧？您不至于特意追过来抓我吧？"

"今天你在会上被批斗得这么厉害，我就允许你偷懒了。话说，我们的冷战结束了吗？"邵斌笑得眯起了眼睛，露出了洁白的牙齿，我觉得他简直就是幸灾乐祸！

"谁跟你冷战了？我们现在是上下级关系，以后请不要用这种暧昧的字眼对您的女下属说话。"

"那女下属，请问你打算怎么通过下一次项目审批会呢？"

"我自有办法，不劳您费心。反正我算是看出来了，你们这帮领导就是要把下面做项目的人给逼死！"我夏小曼没有那么容易认输，想看我笑话，我偏不让！坦白说，这次我确实有点与邵斌较劲的意思，因为我不满他不在乎我的工作、我的事业，而且他在做出决定之前也没有任何要跟我商量的意思，难道我的工作成绩在他看来就一文不值吗？

没想到，邵斌扑哧一下又笑了："谁要逼死你了？就那么一点压力就扛不住了？那你还做项目经理？我告诉你，今天这样的情况真不算什么，你没见过他们这帮人一起骂一个男的项目经理，三十来岁的大男人，当场就顶不住压力辞职了。"

我听了他的话倒是冷静了下来，示弱地问他："那我该怎么办？我确实不会看那些数字。"

"算了，不能全怪你。这样吧，我教你怎么看，然后你好好准备，下一次开会必须通过。"

"你教我？"我看着他，有点意外的惊喜。

"对啊，于公于私我都该教你吧！"

"难怪人家都说新官上任三把火，你的第一把火就要烧到我的头上来了呀。"

邵斌笑而不语，又买了两三盒蛋糕，说要分给大家做下午茶。我心想，真会做人。

▶ **职场技能·Get** ✓

　　要顶得住压力，遇到问题，应该提升自己解决问题的能力，而不是临阵脱逃。

43 一名合格的项目经理 _

　　邵斌说到做到，他开始抽时间教我看财务报表。我的数学一直都不及格，一看那堆数字就头皮发麻，好在邵斌是一个严格的老师，他没有给我任何偷懒的借口。我在自己哀怨的眼神和邵斌训斥的语气中度过了四个加班的夜晚。当然，我们在办公室里是绝对保持距离的，我连跟他开玩笑都不太敢，而他也非常严肃，公事公办。

　　为此我还在私底下向程子琳诉苦，她趁机嘲笑我："人家对你好的时候嘛，你非要不识趣地去说那些无聊的话。好了，现在人家对你退避三舍了，你又心痒难耐想去撩拨人家，做你的老板还真难哪！"

"你瞎说什么呀？"我怒了，"谁跟你说我想撩拨他了？我只不过觉得我们明明是男女朋友，现在却保持距离，真不知道究竟是谁的错，早知道我就老老实实待在总裁办了。"

"你呀，也别想那么多啦，待在总裁办你能甘心吗？你不是说你要摆脱秘书的角色，去做真正有意义的工作吗？照我说呀，邵斌是好老公的最佳人选，你就死死抓住他，别放手，赶紧嫁给他。以后做点轻松的工作得了，还怕人家邵总监养不起你吗？"

"你别瞎说，我是这样的人吗？我夏小曼是新世纪的白领，我要独立，我要自己养活自己，依靠男人的时代已经过去啦！我爱他，但我也不愿意为他放弃我的工作！"

"哟，那你就是既想要面包，又想要爱情啦！这个世界上哪有这么便宜的事情啊？照你的发展速度，以后肯定会越来越忙，你们两个人肯定要出问题的，连谈恋爱的时间都没有！"

程子琳的话像一根尖针戳破了我最后的幻想。我一狠心，说："算了，只要有面包，爱情无所谓了，等我升到 M2，年薪百万，还怕找不到老公吗？"

程子琳不置可否。

四天以后，我终于弄懂了所有的数据，发现眼下要让项目盈利，只有两个办法：第一，降低所有零部件的成本；第二，降低物流的费用。无论哪个办法，都可以使项目扭亏为盈，至少账面

上的数字会由负数变为正数，通过第一轮审批会肯定没问题。我
去找冯李仁商量，但是这家伙一进入工作状态就六亲不认了，他
一听要降低零部件的成本就连连摆手："不行，不行，你这么降，
供应商还不闹翻天了？我们采购年降也没有降这么多，不可能的，
我搞不定供应商，你想想其他办法吧！"

我又急又气，恶向胆边生，威胁他说："我之前看到周小宝开
完年会后上了你的车，你说，你是不是因为她才跟程子琳分手的？
当心我告诉她，让她找你秋后算账！"

冯李仁连连摆手："好姐姐，误会啊！我那天是被周小宝缠
着送她去地铁站，我的老天，我早知道她跟 Tommy 牵扯不清
了，哪敢要这种女人哪？跟子琳分手我也不想的，分手以后我一
直很惦记她，要不你帮帮我，如果能挽回的话，上刀山、下火海
我也愿意。"

我看出冯李仁仍然很在乎程子琳，就威逼利诱："想和好，就
先帮我搞定项目吧！"

这算是戳中了冯李仁的软肋，他马上放软态度松口道："好好
好，姑奶奶，我错了，你这个项目我一定尽力。我马上给供应商
打电话，让他们就算死也要给我把成本往下降！"

"废话少说，快去吧，成败在此一举了！"我瞪着他，恶狠狠
地说。

看着冯李仁领命而去，我转怒为喜，因为我知道冯李仁说出

"尽力"这样的话，多半是不会徒劳无功的。搞定了采购，接下去就是物流部了。我知道物流部靠我一个人是搞不定的，于是去请教宋瑾。她笑嘻嘻地看着我，挤眉弄眼地说："你找我干吗呀？找林以夏帮忙呀，我觉得他对你有意思。"

"好了，好了，宋老师，瞎扯什么呀，整天乱说，简直就是家庭妇女加小市民！我是来求你帮忙的。"

"别用求啊，是不是想找物流部降低费用？邵总跟我打过招呼了，让我尽量帮帮你，下午我们约一个电话会议，一起跟物流部谈谈吧！"

"真的？太好了！"我一激动，搂住宋瑾，狂拍她的肩膀。她有点受不了，拉下我的手，低声说："你要谢，就去谢邵总吧。哎，我怎么觉得你这人命特别好呢？老大们都特别照顾你似的。年轻就是好呀！要是我再年轻个十岁，肯定比你受欢迎。"

"好好好，咱们宋老师如花似玉，最美了！"我拍完宋瑾的马屁，突然想到了什么，偷偷地问："不对呀，我问你个事，你老实告诉我，那个揭发 Tommy 的匿名信是不是你写的呀？我想来想去，咱们部门没几个人了呀，难道是你？"

宋瑾诡异地笑笑，说："不该你问的事千万别问，是谁写的并不重要，重要的是这信里的内容全是真的。"

我知道宋瑾的脾气，也就不往下追问了。但我还是打心底佩服她，一个事业和家庭都经营得很好的上海女人，我的学习对象。

　　接下来一切就跟想象的差不多了。采购部出了一份新的报告，零部件的成本降低了 4%，而物流部也在我和宋瑾的努力下松了口，降了 5%，加起来 9% 的成本降幅使我的项目扭亏为盈。我拿着笔算来算去，还是觉得不保险，于是又缩减了一部分差旅费和招待费，想着等项目做成了再向公司申请一笔奖金，组员应该不至于跳起来。不过，这次我吸取了上一次的教训，打算开会之前先跟邵斌沟通好。

　　要见邵斌必须经过陈宜，她见了我，那个态度真的是令人无法忍受，我好说歹说，她总算放我进去了。跟邵斌沟通完以后，我诚心诚意地向他道谢。邵斌把话题转移到了那个老问题上面，他问我："你有什么打算吗？等做完这个项目。"

　　我当然明白他指的是什么，我的态度有所松动，回答他："我暂时确实不想调动岗位，等我把手里这个项目做完，再谈我们的问题、调岗的问题，好吗？"

　　邵斌点点头，他说："我只是希望你明白，无论什么时候，我都会无条件支持你的决定。但是你要记住，当你需要帮助的时候，一定要让我陪在你身边，好吗？"

　　我死命地点头，感动得一塌糊涂。这个成熟、理性、睿智的男人真的是最理想的选择，错过他，我不知道要上哪儿去找一个比得上他的人。

如果说在职场上必须做到要么忍、要么狠、要么滚，那在感情上也是一样的，无非是爱得比较深的一方向爱得相对轻松的一方妥协，如果两个人都不愿意妥协，那最后只能是分道扬镳。

我的心里有了一个决定。

▶ 职场技能·Get ✓

要么忍、要么狠、要么滚。

44 最重要的决定 _

　　在各方的帮助下，第二次项目审批会总算通过了。我自己总结了下，想要当一名合格的项目经理，除了要胆大、心细，搞懂财务报表，把账面做得漂亮，确保盈利以外，还得跟各个部门搞好关系。上至高管，下至部门秘书，每一个人都有可能成为项目中的障碍，所以项目经理往往年纪轻轻就满头白发。为此我也认认真真地考虑起了自己的职业规划。在 T 公司待了一年多，从秘书开始，转来转去，最终成了项目经理。虽然有一个风光的 title，但是我的心里始终在挣扎，离开公司可以收获一段美好的感情，但要失去这段时间积累的工作经验；离开邵斌也许可以平步青云，无奈爱情无价，我又不愿意牺牲爱情。真是一个两难的决定……

　　如果没有那次与客户的闲聊，或许直到今天我还觉得项目经理的职位很适合我。那天下午，我跟一位客户聊起工作上的事情，他告诉我，他以前做项目经理的时候也是因为不懂技术，总是受制于工程师，最后的发展很有限。眼看工程师因为"懂技术而得天下"，一怒之下，他跳槽到了现在的公司，结果打开了另一片天空，找到了属于自己的世界。他非常诚恳地对我说："如果发现不合适，要及时掉头，千万不要勉强自己。路很长，完全靠人走出来，千万不要做让自己后悔的事情。"

　　千万不要做让自己后悔的事情……

　　千万不要做让自己后悔的事情……

　　千万不要做让自己后悔的事情……

　　思前想后，我徘徊在邵斌的办公室外。陈宜不在座位上，邵斌也不在，我决定坐在他的办公室里等他，因为我记得他跟我说过，当我需要帮助的时候，要第一时间告诉他，他一定会支持我的决定。

　　其实邵斌就在他办公室隔壁的会议室里，因为会议室和他的办公室是以前老 P 要求隔开的，不属于工程图上的结构，中间的隔板非常薄，隔音效果自然也大打折扣。我听到会议室里传来王安娜的声音："James，你想好了吗？你跟小曼待在同一个部门，又是上下级，这是行不通的，要么你走，要么她走，反正两个人里得走一个。"

　　邵斌似乎迟疑了，没有说话。我的心跳顿时快得要承受不住了，我真的很害怕听到邵斌的回答，如果他说要让我走，那我该怎么办？

　　邵斌曾经让我失望过一次，如果这次他仍然选择事业，这段感情也许就走到了尽头。我可以妥协，但是每个人都有自己的底线，我的心不断地撕扯着。

　　时间一分一秒地过去，世界安静得仿佛一幅定格的画。我又听到王安娜催促的声音："James，你倒是说句话呀！"

　　我吞了吞口水，连手脚也轻微发抖了。

　　"如果两个人必须走一个，那就我走吧。"邵斌说出了我意料之外的回答。

　　没有什么比这个回答更重要了，我激动得热泪盈眶。如果他可以放弃他的事业而选择我，那我也可以为了他牺牲一份也许并不是百分之百适合我的工作。我坚信阳光总在风雨后，舍弃一些，换来更多。

　　八个月后。

　　经历了九九八十一难，我的项目终于完成了，客户非常满意，庆功会开了一场又一场。每一场都会有人端着酒杯过来，似乎都在说，夏小曼项目经理的位子算是坐稳了，前途无量。醉生梦死间,总是邵斌开着车送我回家,我呢喃着:"你知道吗?其实我可以不做项目经理的,我并不在乎名利,我想要的只不过是实现自我,但没有人明白,没有。"

邵斌把车窗打开一点,让晚风吹过我的脸颊,减轻我醉酒的不适。他打开车里的音乐,是一首张靓颖的歌,我在恍惚中跟着哼,但是记不起歌名。

> 我心中那片净土带着爱的光
> 我梦中那座小屋有面对山的窗
> 我以为我已经接近了天堂
> 我以为我的爱可为你疗伤
>
> 我以为自由就是两个人去闯荡
> 当夜幕降临只留下我独守月光
> 也许梦只属于远方
> …………

James,这一次我不想跟你说再见了。

最后写项目总结的时候,我为所有的项目成员都争取了加薪,然后邵斌问我:"那你呢?你有什么要求?要不我向总部提议,让你参加管理层培养计划吧!"

我摇了摇头，递给他一封早就写好的辞职信，说："我要辞职。"

邵斌看也不看就把那封辞职信丢进了垃圾桶，他皱着眉头说："胡闹！"

但我知道，我不会改变主意。在我和王安娜的极力游说下，邵斌终于同意了我的决定——我先申请停薪待岗，去报一个 MBA 课程。公司会保留我的岗位，但是这段时间我无法享受任何福利，毕业以后，我可以选择再次回到公司，或者去别的地方发展。

邵斌满怀歉疚地说："我知道你是为了我，对不起，我宁愿走的人是我。"

"傻瓜，我是为了自己呀，重新做学生多好啊，这段时间你可要养我哦！等我毕业了，说不定能去更好的地方呢！"我在心里偷笑，我知道他说的全是肺腑之言。那天下午，我跟他都做出了彼此心中的决定。

冯李仁知道我要走的时候来找我，他说："最后去 cafe shop 喝一杯咖啡吧！"

"你怎么说得像生离死别一样啊？拜托，我只是去读个书啦，也许很快就会回到公司来呢！"

"不，你不会回来了。"

"你怎么知道？你是算命先生呀？"我吃惊地看着他。

冯李仁那副欲言又止的样了很像在玉龙雪山的山脚给我们讲

鬼故事时的样子，我忍不住回忆起来。人真是奇怪的动物，记忆里有些画面是定格的，会跟随你一辈子。

买好两杯咖啡，我忍不住催他："快说呀，别吊我胃口！"

"从第一次见到你，我就觉得吧，你这个姑娘，心特别大，那种大很特别，不是所有的公司都装得下。所以项目经理这个职位，还是没有让你真正发挥你的优势。"

"真的假的啊？说得太玄乎了吧！你这么拍我马屁，是不是有求于我啊？"

冯李仁没想到我会看穿他的心思，一时间也有点尴尬。他索性承认了，告诉我他想跟程子琳复合。其实这段时间以来，我也观察出程子琳对他还没有完全放弃，便答应帮他试探探。

一晃就到了我在 T 公司的最后一天。整个下午我都瞪着电脑，酝酿了好几个小时，最后愣是一个字都写不出来。我在每家公司都收到过形形色色的告别信，有的煽情，有的搞笑，而此刻，要离开，百般滋味在心头，反而不知从何写起。

老 P、Tommy、萧萧、陆鸣、王安娜、刘博、周小宝、冯李仁、吴寒、林以夏、宋瑾、陈宜……他们每个人都教给了我不同的职场生存术，令我逐渐强大起来，不再是生涩的职场小白。

思前想后，我决定只给"园丁"写一封告别信，作为我对 T 公司的告别。

吴总：

　　别人都说，好公司就是"钱多、事少、离家近"，而我觉得，最好的公司是能不断带给员工希望、激励员工一路前行的。在我心中，T 公司就是这样的，我期望您能够带领它继续蓬勃发展。

　　今天是我在 T 公司工作的最后一天，很遗憾我要暂时告别，去完成一个课业，去实现更高的人生目标。非常感谢您一直以来的支持。

　　愿重逢，祝好。

夏小曼

　　陆鸣在半年后回了上海，一如既往聪明无敌的他坐上了采购经理的位置，接替了跳槽的 Kevin。而我听邵斌说陈宜一直喜欢的人就是陆鸣，在长沙的时候，火眼金睛的她已经看出陆鸣喜欢的人是我，所以对我有些嫉妒。现在她已经释怀啦，听说正跟陆鸣积极发展着呢！我跟陆鸣见了面总是有点尴尬，我们的关系回不到过去了，但偶尔也会一起参加程子琳和冯李仁的聚会，没有什么野心的冯李仁乐此不疲地组织各种聚餐，在大家的怂恿下，陆鸣终于叫上了陈宜一起参加，气氛前所未有地融洽。

　　我听说林以夏被公司派去德国做更大的官儿，他一直都在"旅途"中，我想，那是因为他还在逃避往事。我们这一生，爱总是苦短，遗忘却很漫长。林以夏是我命中注定的贵人，如果没有他的指引，就不会有现在的我。我祝愿他前途一片光明，且让时间治愈他。

　　一年后的某个周末，闲来无事，我又晃晃悠悠地去了Summer's Coffee，照例点了一杯热拿铁，满足于阳光的温暖，心情明朗。毕业五年，我终于成为这个城市的"白骨精"，我觉得生活无可挑剔，简单而美好。

　　胡思乱想之际，一个熟悉的身影逆着光在我对面坐下，我对他展开最灿烂的笑容，"帝国理工"是我职场之路上的意外收获。我想，我没有辜负这个时代，我仍然努力前进着。

　　所谓人生，便是取决于你遇见谁、怎样赢，今天就是你昨天在担心的明天，一切都会更好。

　　总是有许多人写信来问："小婉，夏小曼是你吗？这是真实的故事吗？你现在去了哪家公司？最后你跟邵斌在一起了吗？"诸如此类的问题。

　　而我想说，这些，其实都不重要，重要的是，我跟你们一样，大学毕业以后，在毫无心理准备的情况下加入了职场大军，从懵懂无知到现在的运筹帷幄……怎么说呢，失去了一些天真，失去了一群朋友，现在的我远比当秘书的时候孤独，而我知道这种孤独今后会一直陪伴着我。正所谓"高处不胜寒"，越往上走，会面对越多的职场斗争、越复杂的人际关系……

　　我总是在想，如果当初能有几本好书指点一下，那会是完全不同的结果。虽然这一路走来，最后我也不算太失败，但毕竟花了五年时间才总结出一些职场生存法则。希望读完这本书，你会对职场有一个大概的感觉，在投身职场之前，想清楚你要的究竟是什么。职场的路就好像我最近在玩的　个游戏——《地狱边境》，你需要通无数的关，经历无数次的失败，最终才能回到光明。

　　写这本书的初衷是想要把我个人的一部分真实经历分享给大家，也为了纪念我此前五年的职场生涯。在此，我想要感谢几个人，你们都是我生命中最重要的人，而你们也都以不同的方式出现在了故事中，虽然你们都曾经要求我"千万不要把我写进你的故事里"……

　　也谢谢所有在豆瓣、天涯、片刻、微博以及微信订阅号上追着看更新的你们，没有你们，就没有这本书。感谢你们一路的陪伴和支持，我会继续努力。

　　祝你们前途似锦，与大家共勉！

诸小婉

T公司组织结构图

初级员工：六级—七级—八级—九级—十级
中级员工：M1-M2-M3
高级管理层及董事会：G1-G2-G3-G4-G5

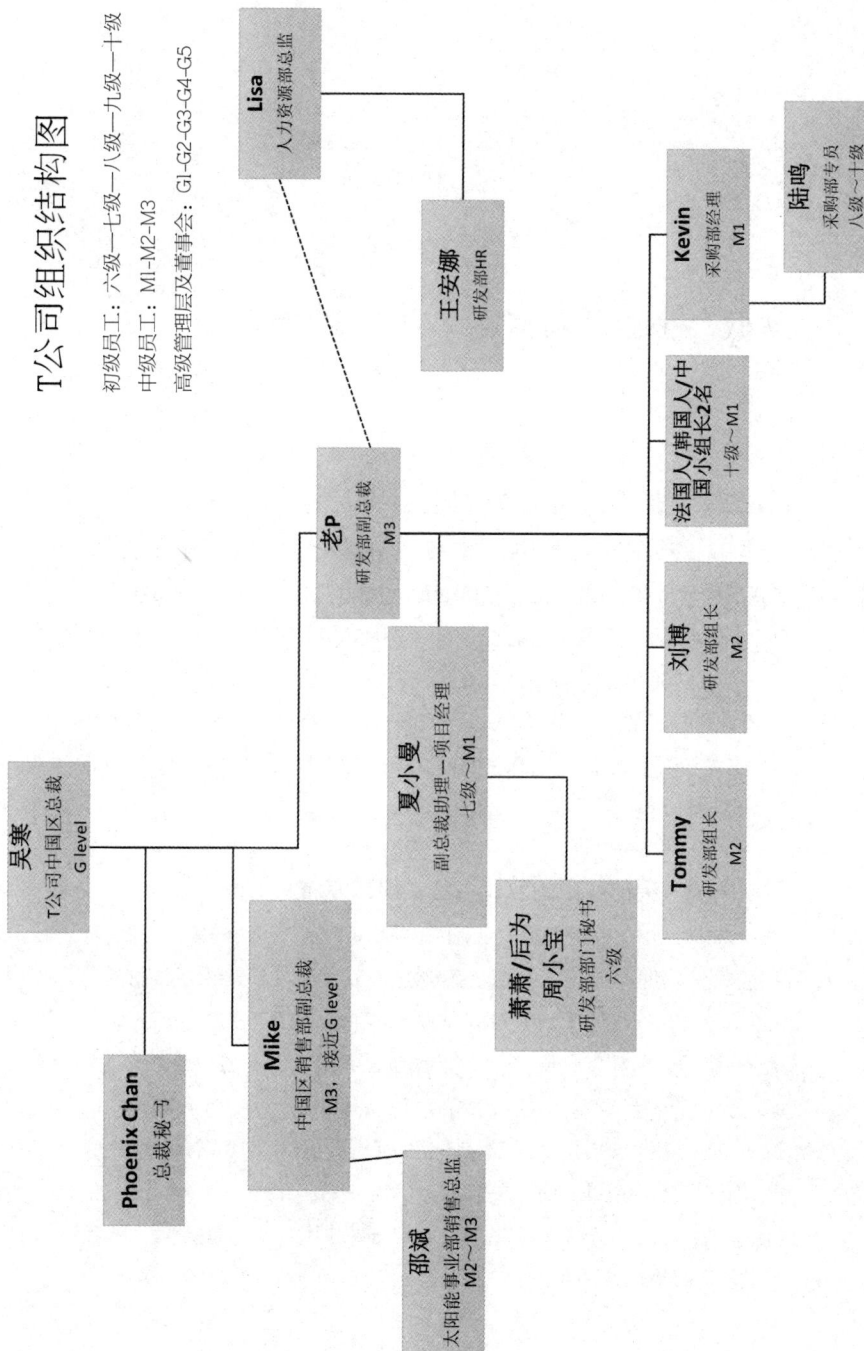

Lisa
人力资源部总监

王安娜
研发部HR

老P
研发部副总裁
M3

吴寒
T公司中国区总裁
G level

Phoenix Chan
总裁秘书

Mike
中国区销售部副总裁
M3，接近G level

邵斌
太阳能事业部销售总监
M2～M3

夏小曼
副总裁助理—项目经理
七级～M1

萧萧/后为周小宝
研发部部门秘书
六级

Tommy
研发部组长
M2

刘博
研发部组长
M2

法国人/韩国人/中国小组长2名
十级～M1

Kevin
采购部经理
M1

陆鸣
采购部专员
八级～十级

/

/

/

从低薪小白领到高冷"白骨精"

ENZO珠宝高级品牌主管李洁女士：

从我在 L 公司第一次见到诸小婉开始，我就感觉这个小丫头不简单，一直到我在网上看了她写的《外企女白领日记》（出书时更名为《总有人要赢，为什么不能是你》），便更加确定了这是一个智商、情商双高的小妮子。不过这个小妮子也真心厚道，毫不藏私地分享了这几年来她个人的成功秘诀，誓要让"姐姐妹妹都站起来"。书中提到的一些职场技能，聪明人一看就明白含金量极高。这本书就是一部低薪小白领变身高冷"白骨精"的必修宝典，姐妹们赶紧修炼起来吧！

星尚频道《美丽印象》节目运营主管徐方嘉女士：

有一天，小婉突然跑过来跟我说，她的职场日记在天涯和豆瓣上火了，叫我也去看看。我一开始是不相信的，虽然她一直都很有文学天赋，但是好的职场文太多太多……有一天我终于抽空去网上翻了翻，刚看了前面几个章节，我就觉得她可能要成功了，要红了！因为她活灵活现地写出了刚进入职场的小菜鸟，如何亦步亦趋地学习职场中的生存之道，如何从一个 fresh girl 变成 senior lady，高度还原了工作、爱情交织在一起的现代都市生活。读来有非常强烈的代入感，完全停不下来！而这本书也陪伴了我、改变了我——当时我还是某知名品牌的公关，看完这本书，我做出了一个重要的决定，那就是跳槽。现在我有了全新的职场生活，感谢小婉。

捷豹路虎（中国）有限公司财务部副总裁郑开颜女士：

如果你是职场新人，这本书会让你看到未来的自己将如何成长与奋斗；如果你已然是职场老手，它能让你回忆起曾经的青葱岁月和蝶变历程；如果你已经处于云淡风轻的状态，它会让你回味初心，明白何为最高境界。这是一本难得的励志好书，同时又充满了八卦和趣味，确实是职场进阶必修读本，值得一读！

飞利浦健康护理大中华区高级商务总监沈天宏先生：

这部小说堪称《杜拉拉升职记》2.0版，讲述了职场菜鸟如何华丽转身，如何从辅助岗位晋升主流业务部门。

我们每个人都是夏小曼，在一些时刻有意无意地做出了不同的选择，经过多年的累积，造就了此时此刻的我们。大家都明白，当我们初入职场的时候，在做人和做事上都不能很好地把握；可是当有了阅历以后，又有多少人反省我们是不是把一切都设想得太过复杂。曾几何时，我们的所谓历练走到了莫比乌斯环的反面？

小婉比我年轻，但是对于职场的悟性比我当年高很多，这个也许和她善于用观察者的眼光看待事物有关。

那些年，我们熬夜追过的故事

油条要放粥里：看来要向小婉姐姐好好学学职场生存法则，毕业一年了，被人算计，死得不明不白。这部小说写得简直让人心惊肉跳，根本不知道每个人背后会存在怎样的关系，比电视剧还精彩！

梦秋雨：没想到在职场上，不仅要把工作做好，还得谋划才行，不然永远都处在底层。以前在单位上班的时候没想那么多，就自己干自己的活儿，准备离职的时候还被一个接手我工作的人暗算。看了这部小说，受益颇多。

Yimu：看这部小说对我的工作也有帮助，感觉学到了不少。我现在的工作到了一个疲倦期，对什么都熟悉了，也没什么激情了，同事之间好像也没有当初那么热络了，这部小说唤醒了我最初的激情。

大脑门纸：写得很好，有点以前读《杜拉拉升职记》的感觉。话说我们部门也有个姑娘，挺像萧萧的，很会表现，但是实际上没什么能力，还把我们讨论的东西先我们一步向领导提出，所以领导很喜欢她，可是别人也不能去跟领导说什么，唉！

张梦憔：除了佩服作者外，感觉自己在工作中好傻×。在国企里都是混日子，明明才二十多岁，却感觉心理年龄已经到了五十多。好纠结，想跳槽出去看看，又没有勇气。看了这部小说，受到很大启发，谢谢小婉。

萤火之森：今天才看到这部小说，还有半年就要毕业的大四狗表示大开眼界、受益匪浅！特别想向小婉学习职场技能，职场菜鸟一枚在此！

别把自己丢了：夏小曼和程子琳的童年经历看得我眼睛都红了。目前初入职场，幸好运气好，得到照应，不过也可能因为只是小助理吧。想换家公司打拼一下，所以看这个故事，好好学习职场生存之道。

God never cry：艾玛，吓坏了！应届生马上入职了，看了小婉的文，心里好忐忑。新职位是外企行政，跟小说里的夏小曼类似，小婉是否有警世良言相送？

盒子里空的：刚从银行辞职，转行做一直喜欢的广告，感觉逃离国企，世界都亮了啊。大半夜看这个故事，发自内心地觉得年轻就该这样，充满酸甜苦辣、波涛澎湃，风雨之后的彩虹才有意义，赞！

空气：你好，小婉。在看到你文章的那一刻，我就停不下对你的追逐，从豆瓣到微信，再到微博。一直特别喜欢看像夏小曼这样的经历的故事，可能也是因为自己太茫然，总想从别人的故事里找到自己的路线。

有点没劲：每次看关于办公室斗争的文，就觉得自己的工作情商是负分，唉！

ICE：好文！每个公司都有人事斗争，看到小婉的文深有同感。

当挡荡：刚实习回来，作为一个实习生，还感受不到公司复杂的人际关系。没多久就要毕业了，先来学习学习。

Vamleen：好好看！作为一个 HR 专业的大三狗，估计下学期要开始准备实习的事了。小婉姐有什么建议吗？谢谢。

章鱼哥：小婉，爱你！说实话，我觉得作为女生，在公司里最难把握好分寸的就是跟男同事的相处。

狂暴小兔子：入职前有个内部人士给你冷静分析用处真的好大。

泡面的无面女：写得太好了！比起那些小女生互撕什么的有营养多了。

西安事变之后：心中默默勾画出一个知性又活泼的作者形象，浑身都散发着能力强、人际关系好的气息！

浮云只听你说：关注公众号然后追完了最近的更新，好励志。佩服小婉，有头脑！

七森：好看又实用！小说里提到的种种办公室政治很有教育意义啊，赞！

你是我人生的暖：半夜不睡也要坚持看完，哈哈，完全被夏小曼的故事给吸引了！

海牛：我觉得全文有点像《穿普拉达的女魔头》。

曾黎：现在想想，之前太不注重人际关系，令自己栽了个大跟头。借鉴下夏小曼的故事，加油！

心有多大，未来就有多宽广。

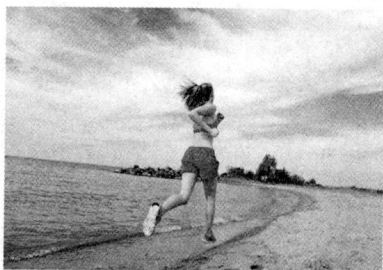

图书在版编目（CIP）数据

总有人要赢，为什么不能是你 / 诸小婉著 . —长沙：湖南文艺出版社，2015.10
ISBN 978-7-5404-7309-9

Ⅰ . ①总… Ⅱ . ①诸… Ⅲ . ①长篇小说 – 中国 – 当代 Ⅳ . ① I247.5

中国版本图书馆 CIP 数据核字（2015）第 220310 号

上架建议：励志·长篇小说

总有人要赢，为什么不能是你

作　　者：诸小婉
出 版 人：刘清华
责任编辑：薛　健　刘诗哲
监　　制：毛闽峰　李　娜
特约策划：刘　霁　李　颖
特约编辑：谢晓梅
营销编辑：张　璐
封面设计：主语设计
版式设计：李　洁
出版发行：湖南文艺出版社
　　　　　（长沙市雨花区东二环一段 508 号　邮编：410014）
网　　址：www.hnwy.net
印　　刷：北京京都六环印刷厂
经　　销：新华书店
开　　本：880mm×1230mm　1/32
字　　数：169 千字
印　　张：9
版　　次：2015 年 10 月第 1 版
印　　次：2015 年 10 月第 1 次印刷
书　　号：ISBN 978-7-5404-7309-9
定　　价：35.00 元

质量监督电话：010-59096394
团购电话：010-59320018